"카임 님, 어때요?
잘 어울리나요?"
티를 본 카임은 숨을 삼켰다.
붉은 속옷이 은발의 티에게
무서우리만큼 잘 어울렸다.
부드러워 보이는 두 언덕이,
형태 좋은 선을 그리는 둥근 엉덩이가,
선정적인 속옷을 몸에 걸침으로써
알몸 이상으로 흥분을 불러일으켰다.

렌카
밀리시아의 호위를 맡은
성벽이 다소 뒤틀린
여성 검사.
밀리시아
가넷 제국 출신인
뭔가 사연 있는
귀족 소녀.

티
어린 시절부터 카임을
섬겨온 화이트 타이거
수인 여성.

"……강하군, 저 여자."

카임은 감탄 섞인 한숨을 쉬었다.
헌병 둘을 손쉽게 살해한
움직임도 훌륭하지만……
카임의 미미한 투기를 감지하고서
이쪽을 돌아봤기 때문이다.

독의 왕 2
발정하렘의 주인이 된다
최강의 힘을
각성한 나는
미희들을 거느려

CONTENTS

프롤로그 ······ 003

제1장 제국으로 가는 배 여행 ······ 010

제2장 강 건너편 마을 ······ 041

제3장 밀리시아의 위기 ······ 076

제4장 제국으로 가는 길 ······ 119

제5장 역참 마을과 온천 ······ 146

제6장 모험가 길드 ······ 166

번외편 시스터(수녀) 밀리시아의 재난 ······ 218

번외편 시스터(여동생) 아네트의 재난 ······ 230

후기 ······ 242

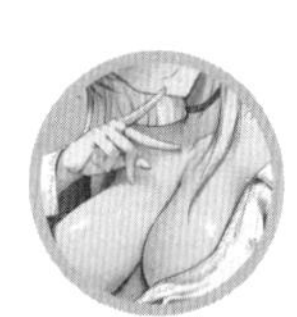

프롤로그

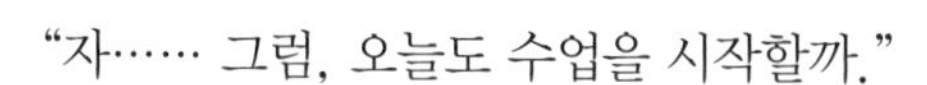

"자…… 그럼, 오늘도 수업을 시작할까."

정사각형의 방. 교단 위에 서서 입을 연 이는 안경을 쓴 검은 머리카락의 여성이었다.

그 여성은 겉보기에 피부 광택도 좋고 젊어 보였지만 분위기는 묘하게 성숙해서, 얼핏 봐서는 나이를 알 수 없었다. 유쾌한 기색으로 가늘게 뜬 눈동자는 호기심이 왕성한 고양이 같아, 무엇을 생각하는지 알 수 없는 정체 모를 분위기를 풍겼다.

"파우스트……."

교단 앞에 놓인 책상 자리에 앉은 청년이 그 여성의 이름을 불렀다.

보라색 머리카락과 눈동자를 가진 청년의 이름은 카임. '권성(拳聖)'의 아들로 태어나, 독의 저주를 짊어졌던 비극의 주인공. 마왕급 괴물인 '독의 여왕'과 융합함으로써 저주를 극복해, 압도적인 힘을 손에 넣은 기린아다.

그리고 카임의 앞에 서 있는 여성의 이름은 파우스트. 희대의 의사이자 연구자. 의학과 마술이 일인자로 꼽히고, 동시에 엉망진창인 연구 때문에 때때로 세간을 소란스럽게 하는 매드 사이언티스트다.

"왜 네가……. 그보다, 또냐?"

카임이 학교 교실 같은 방을 둘러보며 질색하는 표정을 띠었다.

이 공간에 오는 것은 처음이 아니다. 이전에도 한 번, 여기에 이렇게 찾아와서 눈앞의 여성에게 수수께끼의 수업을 받았다.
여기는 카임의 꿈속……, 파우스트의 마법으로 만들어진 가상 공간이다.
"혹시, 너는 내 머릿속에 세 든 건가? 요전번에 얼굴을 마주한 지 얼마 안 됐는데, 하루가 멀다 하고 또 찾아오다니……."
"그렇게 성가신 표정 짓지 마. 내가 네 꿈에 나타나는 건, 세상 물정을 모르는 널 가르쳐 이끌어 주려는 친절한 마음에서다. 환자에 대한 애프터 서비스라고 생각해 줘. 이래 봬도 환자를 잘 돌봐주는 의사로 통하고 있다고……, 난 말이야."
"그러냐……. 그건 참 고맙군. 그래서…… 그 웃기는 차림새는 뭐지?"
카임은 교단에 서 있는 파우스트를 차가운 눈동자로 노려보았다.
파우스트는 칠판을 등진 채 교편을 들고 서 있었지만…… 그 차림새는 명백히 이상하다. 파우스트의 피부를 뒤덮은 것은 검은색 천 두 장뿐. 가까스로 가슴께와 가랑이 아래를 덮었을 뿐인, 속옷이나 마찬가지인 옷이었기 때문이다.
"아아……, 이건 '수영복'이라고 하는데, 바다나 강에서 수영할 때 입는 옷이야."
"수영복……. 속옷하고는 다른 건가?"
"달라. 천보다도 잘 안 비쳐 보이고, 물을 튕기도록 마법으로 코팅이 되어 있어. 대륙 남부에서는 꽤 대중적인 옷이라 제국에도 보급되어 있지. 더운 날에는 이걸 입고 멱을 감아서 시원함을 얻는 거야. 참고로 남성은 아래 천 한 개뿐이고 가슴은 가리지 않으니까, 틀리지 않게끔 주의해라.”

“흐음…… 그건 또 개방적인 문화로군. 즐거워 보이잖아.”

“이문화 교류라는 건 여행의 묘미야. 제국보다도 더 동쪽 나라들에서는 땅 밑에서 뿜어져 나온 열탕에 몸을 담그는 문화가 있고, 북국에서는 눈으로 만든 집 안에서 검은 국물을 마신다는 독특한 문화도 있어. 네가 세상을 여행한다면 조만간 직접 보게 될 날도 있겠지.”

“그건 기대되지만…… 설마, 그런 얘기를 하려고 꿈에 나온 건가? 그냥 민폐인데?”

“물론 아니야. 갑작스럽기는 하지만…… 오늘은 네게 ‘가넷 제국’이라는 나라에 대해서 강의해 볼까.”

파우스트는 머리 뒤로 팔짱을 끼고, 풍만한 흉부를 강조하는 듯한 포즈로 말을 꺼냈다.

“가넷 제국은 그 이름대로 ‘제국’. 황제가 절대적인 권력을 가진 나라야. 일찍이 이 땅에는 여러 소국이 난립했던 시대가 있었지. 소국의 무리는 때로는 싸우고 때로는 손을 맞잡으며, 독특한 질서를 계속 유지했어. 하지만…… 남쪽에 사는 야만족이 북부 정벌을 시작함으로써 상황은 변했지. 소국 무리는 야만족을 물리치기 위해 힘을 합치게 되고, 나라들을 통솔할 강력한 리더가 탄생했어……. 그게 바로 ‘황제’다.”

파우스트는 설명하면서 이번에는 상반신을 앞으로 수그렸다. 책상을 사이에 둔 카임에게 가슴 계곡을 과시한 것이다.

“황제를 중심으로 한 소국 무리는 하나로 합쳐져 야만족의 침략을 물리쳤지. 그걸로 모자라, 오히려 그들의 토지에 역으로 침공해서 영토를 크게 넓혔어. 그때까지 간섭하지 않았던 주변 여러 나라까지도 병합해, 대륙에서 손꼽히는 대국이 되었지. ‘가넷’이라는 국명은 초대 황제가 사랑하고, 야만족과의 싸움 중에 잃은 비의 이름에서 따온 모양이다.”

“…………”

“그리하여 가넷 제국은 제일의 국력을 가진 강국으로써 패권을 움켜쥐고 주변 나라들에 압력을 주고 있어. 현 황제는 온건한 인물이라서 커다란 싸움은 몇 년이나 일어나지 않았지만, 제국 유력자 중에는 지금도 ‘대륙 통일’이라는 몽상을 내거는 사람이 있는 모양이야.”

“흐음……, 그건 도움이 되는 얘기야. 재미있는 수업이었어.”

카임은 “후우” 하고 길게 한숨을 쉬고 나서, 계속 지적하고 싶었던 점을 간신히 입에 담았다.

“그런데…… 아까부터 왜 이상한 포즈를 취하는 거지? 일일이 가슴이나 엉덩이를 과시하다니, 일부러 그러는 거지?”

“응? 이거 말이야?”

카임의 지적을 받은 파우스트가 이상하다는 표정을 지었다. 지금도 교단 위에 앉아, 양다리를 벌리고서 가랑이 사이를 보여 주려고 한다.

“아니, 네 주위에 여성이 꽤 늘어난 것 같길래……. 모처럼이니 나도 서비스 하나라도 해 주려고 한 거야.”

"……정말 쓸데없는 참견이기 그지없다고. 솔직히 보고 있자니 화가 나가 시작했어."

파우스트는 '독의 여왕'의 저주를 극복할 계기가 된 은인이지만, 저주를 떠넘긴 가해자이기도 했다. 이제 와서 원망하지는 않지만, 노골적으로 놀리면 짜증이 치밀어 오른다.

"내 뇌쇄 포즈는 마음에 안 들었던 건가? 이래 봬도 몸매에는 자신이 있었는데 유감이야……."

"미인이라고 생각하기는 하지만, 공교롭게도 난 여자에 굶주리지는 않았어."

"귀여운 연인이 셋이나 있잖아? 하핫, 참 대단하군. 여행을 떠난 지 한 달이 채 안 지났는데 말이야."

파우스트는 연인의 수까지 파악하고 있었다. 이 꿈은 사전에 파우스트가 카임의 뇌에 건 마법이라고 이야기했는데…… 이렇게 현 상태를 아는 점을 보면, 당연히 감시당하는 것이 아닐지 수상쩍어지기 시작한다.

"걱정하지 않아도 돼. 나도 이래 보여도 바쁘거든. 관찰 대상도 여럿 있고 하니…… 너만을 바라볼 여유는 없어."

"정말인가? 거짓말이라면, 다음에 만날 때 독을 처넣는나."

"정말이고말고. 어찌 됐거나…… 무력과 전쟁에서 태어난 제국은 좋든 나쁘든 실력주의다. 그에 걸맞은 실력이 있다면 평민이라도 귀족으로 출세할 수 있고, '강하니까'라는 이유로 범죄자가 재산이나 무력을 움켜쥘 수도 있어. 너에게 맞는 땅이라 생각하지만…… 주의해라."

파우스트가 입술 앞에 검지를 세우고 장난스럽게 미소 지었다.

"네 힘을 알게 되면, 반드시 많은 인간이 움직이겠지. 너를 이용하기 위해서, 또는 방해꾼으로 여겨 없애기 위해. 아니면 네 씨를 손에 넣으려고 하는 자 역시 있을지도 모르겠군."

"씨라니……."

"실제로 제국 여자가 지금 그야말로 너를 바라고 있는 모양이로군. 자……, 현실로 돌아가렴. 귀여운 연인이 애타게 기다리고 있어."

의식이 멀어지고, 물에 파문이 퍼지듯이 파우스트의 모습이 사라져갔다.

아아, 깨어나는 건가……. 그렇게 생각한 다음 순간, 시야가 눈 부신 빛으로 가득 찼다.

제1장 제국으로 가는 배 여행

눈을 뜨자…… 낯선 천장이 보였다.

어젯밤까지 숙박했던 숙소 천장이 아니라 명백히 다른 장소다.

"아……. 카임 씨, 일어나셨나요?"

"…………?"

아래쪽에서 자신을 부르는 목소리가 들려왔다. 시선을 내리자 거기에는 금발벽안 미소녀가 눈을 치켜뜨며 이쪽을 바라보고 있었다.

"밀리시아……?"

카임이 그 소녀의 이름을 불렀다.

그녀의 이름은 밀리시아. 카임 일행이 향하는 가넷 제국 출신의 영애이자, 며칠 전에 카임과 몸을 섞어 연인이 된 여성이다.

"좀처럼 눈을 뜨지 않으셨는데 피곤하셨던 건가요?"

"아아……. 뭐, 어젯밤에도 잔뜩 운동하느라 눈을 못 붙였으니까……."

카임이 천천히 주변을 보며 자신이 놓인 상황을 파악했다.

"그런가……, 여기는 배 안이었지."

여기는 제국으로 향하는 연락선……, 그 내부에 있는 선실 중 하나다.

카임 일행은 제이드 왕국을 떠나 가넷 제국으로 향하고 있었다.

왕국과 제국은 플루멘 대하가 국경선이 되어 가로막고 있는데, 양국의 항구 도시에서 배로 오갈 수 있다. 이 배는 왕국 쪽 항구인 '오타라'에서, 제국 쪽 항구인 '포레'로 향하는 정기선이었다.

'그런가……, 나는 출항하기 전에, 졸려서 잠이 들고 만 거군?'

사전에 구입해둔 티켓으로 배에 올라타기는 했지만, 출항 시간까지는 상당히 여유가 있었다. 제국행 배가 떠나는 것은 하루에 한 척. 많은 승객이 올라타고 짐 등도 실어 넣어야만 한다.

그 상황에 남아도는 시간을 주체 못 한 카임은 출항까지 빈 시간을 선실 침대에서 누워 지내기로 한 것이었다.

'어젯밤엔 거의 재워주지 않았으니까…… 역시 한계야.'

카임에게는 밀리시아를 포함해 세 명의 연인이 있다. 그녀들이 경쟁하다시피 덮쳐 왔기 때문에, 완전히 수면 부족이 되고 말았다.

"그 탓에 이상한 꿈을 꿨어……. 그런데 밀리시아. 너는 뭘 하는 거지?"

카임은 자신의 다리에……, 더 자세히 말하자면 고간에 얼굴을 처박은 밀리시아에게 물었다.

밀리시아는 침대에 누운 카임의 바지와 속옷을 벗겨서, 양다리 사이의 가랑이에 얼굴을 들이밀고서 바스락바스락 무언가를 하고 있었다.

밀리시아의 뺨은 요염하게 물들고 눈동자는 젖어, 발정한 것처럼 음란한 표정을 짓고 있었다. 단순히 카임의 옷을 갈아입히는 상황은 아닐 것이다.

"죄송해요. 이제 배가 출항하니 깨우려고 했지만…… 좀처럼 일어나지 않아서요."

“일어나지 않으면, 너는 남자의 가랑이 사이에 얼굴을 처박는 건가?”

“일어나지 않는다면, 하다못해 봉사하려고요……, 할짝.”

“큭……?!”

혀끝으로 민감한 부분을 자극받자, 카임이 어깨를 떨었다.

“우후훗……, 처음엔 그로테스크해서 무서웠지만, 익숙해지니까 귀여워 보이는 게 참 신기하네요. 이게 여자가 된다는 걸까요?”

“귀, 귀엽다는 건 남자에 대한 칭찬은 아니로군…….”

“그런가요? 움찔움찔 움직여서 이렇게나 사랑스러운데…….”

“윽…….”

밀리시아가 남성의 상징인 ‘검’을 만지며 윤곽을 천천히 훑기 시작했다. 깨지는 물건이라도 다루는 것 같은 섬세한 손놀림으로, 뿌리에서 끝부분까지 천천히 쓰다듬고 사랑스럽게 뺨에 비비기까지 한다.

“이, 일어날게, 이제 일어날 테니까 그만둬……!”

“안 돼요. 모처럼 두 사람에게 이겨서 양보받았는데…… 이제 와서 어떻게 참을 수 있겠어요.”

“두 사람에게 이겼다니……. 그러고 보니 티와 렌카는……?”

객실 안에는 카임과 밀리시아 단둘뿐이고 동행자인 티와 렌카의 모습이 없었다.

“누가 카임 씨에게 봉사할지……가 아니라, 카임 씨를 깨울지를 가위바위보로 정했어요. 대승리예요.”

밀리시아가 '검'에 뺨을 비비면서 의기양양한 표정으로 브이 사인을 해왔다.

"두 사람은 먼저 갑판에 갔어요. 우리도 즐기고 나서 가요."

"……!"

"우음……, 할짝할짝……."

밀리시아가 본격적으로 공격을 걸어왔다.

블라우스와 속옷을 벌려서 형태 좋은 가슴을 드러내고 카임의 '검'을 두 언덕으로 감쌌다. 가슴을 이용해 고정한 '검'에 고양이처럼 작은 혀를 내밀어서, 전체에 빈틈없이 타액을 발라갔다.

처녀를 졸업한 지 얼마 안 되는 밀리시아의 혀 놀림은 서툴렀다. 하지만 마찬가지로 동정을 졸업한 지 얼마 안 되는 카임이 그런 것을 알 리가 없다.

오히려 더듬거려도 열심히 카임에게 봉사하는 밀리시아의 모습에 사랑스러움조차 샘솟아 오른다.

"으, 아……. 밀리시아……!"

"아아……, 굉장해요……. 저, 카임 씨의 물건에 이런 짓을……. 기분, 좋은가요? 제 혀로…… 기분 좋아해 주실래요……?"

"좋아, 기분 좋아……. 밀리시아……."

밀리시아가 물러서지 않는 것을 보고서, 카임도 마침내 각오를 다졌다. 상반신을 일으켜 '검'을 핥는 밀리시아의 금색 머리카락을 양손으로 다정하게 쓰다듬었다.

"하흐……, 좋아요……. 머리, 쓰다듬어 주는 거 좋아……."

밀리시아는 꽃이 흐드러지게 피는 것처럼 황홀한 웃음을 띠며, 쓰다듬어 준 답례라는 양 혀를 빠르게 움직였다. 캔디라도 핥는 것처럼 '검'을 맛있게 핥아대며, 뒤로 휜 끝부분을 혀끝으로 정성스럽게 더듬어 갔다.

"츄읍……, 쪼옥, 할짝할짝……쮸읍, 할짝할짝……."

"크윽……?!"

"으읍……쪽쪽쪽쪽쪽……."

부드러운 입술이 '검'을 물고서 힘껏 빨아들였다.

평소에는 품위 있고 얌전한 얼굴이 완전히 황홀해진 암컷의 얼굴이 되어, 천박한 소리를 내면서 사랑하는 남자의 분신을 이래도 버티겠느냐며 빨았다.

"큭……, 그렇게 빨면…… 더는 안 돼……!"

"우응, 흐아……!"

이윽고 쾌락이 임계점을 넘었다. 밀리시아는 카임의 욕망을 황홀한 표정으로 받아들였다.

"대단한 냄새……. 멋져요, 카임 씨……."

"……그래, 너도 좋았어. 말도 안 될 정도로."

지체 있는 집안에 태어났을 청초한 영애가, 설마 며칠 만에 이렇게까지 완성될 줄은 몰랐다.

기분 좋은 탈력감에 휩싸이면서, 카임은 한 영애를 자신의 색으로 물들이고 만 죄책감과 성취감을 동시에 맛보았다.

"그럼…… 할 일은 했으니, 슬슬 티와 렌카를 쫓아서……."

"아직이에요. 기다리세요."

카임은 바지와 속옷을 다시 입으려고 했지만 밀리시아에게 손을 붙들렸다.

“카임 씨는 후련해졌을지도 모르겠지만…… 저는 더욱더 야한 기분이 들어 버렸어요…….”

밀리시아가 침대 위에 무릎을 꿇더니 치마를 집어서 들어 올렸다.

밀리시아는 치마 아래에 아무것도 입지 않았다. 드러난 가랑이 사이에서 끈적끈적한 꿀이 흘러내려 하얀 넓적다리를 타고 내려왔다.

“이번에는 이쪽을 위로해 주세요…….”

“…………그래, 그런 거냐.”

카임은 달관을 담아서 중얼거리고는 새삼스럽게 떠올렸다.

카임은 ‘독의 여왕’의 힘을 수중에 넣음으로써 ‘독의 왕’이 되었다.

카임의 체액은 전부 독약이고, 상성 좋은 여성에 대해서는 발정을 촉진하는 페로몬도 되는 것이다.

카임의 ‘검’에서 분비된 체액을……, 미약을 입에 대고서 밀리시아가 그것으로 끝낼 수 있을 턱이 없다. 아까 전보다 더 음란한 표정을 띠며 입맛을 다시고 있었다.

“……나는 수면 부족으로 힘드니까 그쪽에서 움직여 줘.”

“알겠어요……. 그럼, 실례하겠습니다.”

밀리시아는 치마를 들쳐 올린 채, 카임의 하복부로 천천히 허리를 내렸다.

○ ○ ○

카임은 한 마리의 암컷을 침대에 드러눕히고 객실에서 나와 배의 갑판으로 향했다.

잠시 눈을 붙이고 쉬려고 했는데 생각지 못한 운동을 하게 되고 말았다. 그는 고개를 내저으며 피로를 떨쳐내고 태양 아래로 얼굴을 내밀었다.

"어흥! 카임 님이 오셨어요!"

"……늦었군. 꽤 길지 않았나."

갑판에 올라온 카임을 알아채고 두 여성이 다가왔다.

한쪽은 메이드복을 입은 은발의 여성이었다. 머리 부분에는 삼각형의 짐승 귀가 나 있고, 치맛자락에서는 흑백의 줄무늬로 채색된 꼬리가 나와 있었다.

'호인족'……, 그중에서도 특히 수가 적은 화이트 타이거 수인. 카임에게는 어린 시절부터 자신을 돌봐준 메이드인 티였다.

"오래 기다렸지, 너희들."

"정말로 오래 기다렸어요! 정말…… 밀리시아 씨도 참, 이렇게 오래 카임 님을 독점하다니 약았어요! 그때, 키가 바위를 냈더라면……!"

티는 분하다는 듯이 엄지를 깨물고 갑판 바닥에 탁탁 꼬리를 내리쳤다.

"승부에 진 거니까 어쩔 수 없잖나……. 그보다 카임 경. 아가씨께서는 어떻게 되신 거지? 모습이 안 보이는 것 같은데……?"

다른 한쪽 여성이 카임의 뒤를 들여다보며 물었다.

선명한 붉은 머리카락을 짧게 자르고, 허리띠에 검을 찬 그녀의 이름은 렌카. 밀리시아를 섬기는 여기사였다.

이 타입이 다른 두 미녀……, 티와 렌카 또한 여행의 동행자이자 카임과 육체관계를 가진 연인이기도 하다.

“밀리시아라면 객실에서 자고 있어. 아무래도 완전히 가버린 모양이더군.”

카임이 어쩐지 부럽다는 듯이 말했다.

입부터 본방까지 착실히 해낸 결과, 밀리시아는 체력을 다 써서 잠들어 버렸다. 솔직히 카임도 옆에 나란히 누워서 자고 싶은 마음이었지만…… 먼저 갑판에 나간 두 사람을 내버려 두면 그녀들까지 자신을 깨우러 올 우려가 있다.

그대로, 야금야금 넷이서 하게 되면 체력이 못 버틴다. 따라서 피로한 육체를 채찍질해 여기까지 기어 나온 것이다.

“그런가……, 모처럼 날씨가 좋아서 강이 예쁘게 보이는데 아깝게 됐군.”

렌카가 배 바깥으로 시선을 보내며 유감스럽다는 듯이 어깨를 늘어뜨렸다.

카임 일행이 노는 사이에, 이미 짐을 다 실은 배는 출항하고 말았다.

대형선이 물을 가르며 나아간다. 하늘에서 내리비치는 햇빛이 물보라에 반사돼서 반짝반짝 빛나 마치 보석 같다.

“대단하군……, 이게 정말 강인가?”

다시금 생각하지만…… 터무니없이 커다란 하천이다.

플루멘 대하는 두 개의 나라를 나누는 국경이자, 대륙에서 손꼽히는 운하이기도 했다. 하르스베르크 백작령이라는 작은 우리 속에서 나고 자란 카임에게, 그 풍경은 환상 속처럼 놀라웠다.

"이봐, 렌카. 실은 이게 소문으로 듣던 '바다'란 게 아닌 건가? 나를 속이는 건 아니겠지?"

"아니다. 말해두겠는데, 바다의 크기는 이렇게 조그맣지 않다고. 훨씬 더, 터무니없이 커서 건너편이 보이지 않을 정도다."

"정말이냐……. 세상은 참 넓구나."

카임은 배의 갑판에서 바깥으로 몸을 내밀며 다시금 넓은 세상을 통감했다.

그들이 올라탄 배는 200명 이상이 여유롭게 탈 만큼 크다. 뱃머리에는 용 머리 조각이 달려 있고, 배 여기저기에 천박하지 않을 정도로 장식이 꾸여져 있었다.

갑판에는 바람을 받는 돛대나 돛이 달리지 않았다. 아무래도 선체 아랫부분에 마도구가 달려 있어서, 거기 넣은 마석의 마력으로 배를 움직이는 구조인 모양이다.

카임도 배를 본 적은 있기는 하지만…… 기껏해야 강이나 호수에서 생선을 잡기 위한 소형선 정도다. 이만한 크기의 배를 눈으로 보는 것은 태어나서 처음 겪는 경험이었다.

배에서 보이는 풍경에 푹 빠진 카임에게, "이거 참"이라고 어린애라도 바라보는 눈빛을 한 렌카가 뒤에서 설명했다.

"이 배는 두 척 있는 정기선 중 하나로 '폴리데우케스호'다. 자매선인 '카스토르호'와 맞춰 한 척씩 대하를 사이에 둔 두 마을의 영주가 소유하고 있지. 그 밖에도 소형 배가 오가기는 하지만…… 대하에는 물에 사는 마물도 있으니까, 이 정도 커다란 배가 아니면 안전성에 불안함이 있어."

"확실히 물 위에서 습격당하는 건 위협적이로군. 배에 구멍이 뚫리면 당해낼 수가 없어."

"배 바닥에 마물 회피 마법이 걸려 있으니까 걱정할 필요는 없다. 이 대하에는 해적 같은 것도 안 나오고…… 앞으로 세 시간 더 있으면 아무 일도 없이 강 너머에 도착하겠지."

"흐음……, 그럼 도착할 때까지 첫 배 여행을 즐기도록 할까. 뭔가 마실 것은 안 파나?"

"아, 저쪽에 과실수를 팔고 있었어요. 티가 사 올게요."

티가 메이드복 옷자락을 팔락팔락 위아래로 흔들며 음료수를 사서 돌아왔다. 티는 유리제 용기에 담긴 노란색 액체를 카임에게 내밀었다.

"레모네 열매를 짜서 설탕을 넣은 거래요. 어서 드세요."

"응, 고맙군."

카임은 용기를 받아 들고 과실수를 입에 흘려 넣었다. 입 안에 신맛과 달콤함이 동시에 퍼지고 향긋한 과실의 풍미가 뒤늦게 찾아왔다.

"응, 괜찮군."

"맛있어요. 신선하고 싱싱해요."

과실수는 마법이라도 썼는지 정말 시원했다. 격렬한 운동을 한 지 얼마 안 돼서 땀도 흘렸기 때문에, 그야말로 되살아난 것처럼 상쾌했다.

"나도 아가씨께 과실수를 전해드리고 오지. 그럼, 나중에 또 보자."

렌카가 밀리시아 몫의 음료수를 한 손에 들고, 계단을 내려가 선실로 돌아갔다.

배의 갑판에는 카임과 티가 남겨졌다. 두 사람은 과실수를 입에 머금으면서 느긋하게 풍경을 즐겼다.

"…………."

카임과 티 사이에 딱히 대화는 없었지만…… 10년을 함께 해온 사이이니 새삼스럽게 불편함을 느끼지는 않았다.

머리 위에 펼쳐진 하늘은 푸르고 맑아서, 눈 부신 태양 빛이 쏟아지고 있다. 시선을 아래로 내리면 하늘에 지지 않을 만큼 푸르른 대하가 펼쳐져 있고, 멀리서 물새가 생선을 낚고 있는 광경이 보였다.

아름다운 풍경이다. 티와 함께 여행하며 이렇게 아름다운 풍경을 함께 볼 수 있다니, 얼마 전에는 꿈도 꾸지 못했었다.

"카임 님……."

티가 사랑스럽다는 듯이 카임의 이름을 부르며 살짝 옆으로 다가왔다.

'독의 여왕'과 융합하기 전의 카임은 티보다도 머리 하나는 더 작은 몸집이었지만, 지금은 티를 넘어섰다. 티는 자신보다도 키가 커진 카임의 어깨에 머리를 얹고서 어리광부리듯이 그르렁 댔다.

“나 원 참……, 호랑이라기보단 사람을 잘 따르는 고양이 같군.”

카임은 어이없어하면서도 티를 거절하지는 않았다. 귀여운 수인 메이드가 바라는 대로, 턱 아래를 손으로 간질여 줬다.

“이봐, 저걸 봐! 뭔가 이쪽으로 온다!”

“공적(空敵)이다! 공적이 나왔다!”

하지만 그런 두 사람에게 찬물을 끼얹듯이 선원이 위쪽을 손가락으로 가리키며 소란을 피우기 시작했다.

카임이 얼굴을 찌푸리면서 선원의 손가락이 가리키는 방향을 올려다보자…… 하늘에 떠 있는 몇 개의 검은 그림자가 배를 향해 접근해 왔다.

“저건…… 인간인가?”

마력으로 시각을 강화하자, 그것이 인간과 흡사한 무언가라는 사실을 알 수 있었다.

인간과 흡사한 형태. 몸체가 있고, 양손과 양다리가 있고, 손에는 다들 무기 같은 물건을 꽉 쥐고 있었다.

다만…… 인간일 수 없는 이유는 그 등에 난 새의 날개다.

“저건 조인(鳥人)이에요, 카임 님! 새의 수인이에요!”

티가 카임의 팔을 잡아당기며 외쳤다.

조인……. 듣고 보니 그들의 머리 부분은 깃털로 뒤덮여 있고, 입술이 있어야 할 곳에는 새의 부리가 붙어 있었다.

맹렬한 속도로 다가온 여러 조인이 주위를 둘러싸 사방에서 적의와 무기를 겨눈다.

황급한 기색으로 정기선이 정지하고, 배의 갑판에 있던 여러 승객이 혼란의 소란스러움을 만들어 냈다.

"이거 봐…… 이건, 혹시 습격당하는 건가?"

혹시나 했더니 역시나 그런 것이리라.

이 배는 습격을 받고 있다. 날개로 강을 넘어온 하늘을 나는 도적……. '공적'에 의해서.

"이 강에서 해적 같은 건 안 나오는 게 아니었나?! 얘기가 다르다고."

"어흥……, 해적은 안 나오지만 공적은 나온다는 걸까요……."

"말장난도 아니고, 그런 바보 같은 일이 있는 거냐."

무장한 조인을 올려다본 카임이 의심스럽다는 듯 중얼거렸다.

그러는 사이에도 갑판의 술렁임은 점점 커져서, 선내에서 당황한 듯이 선원이 올라왔다.

"아니……, 왜 조인 공적이 이런 곳에……!"

"말도 안 돼! 이놈들 구역은 좀 더 남쪽에 있는 바다 아니었냐고!"

"야만족 놈들……. 설마 바다에서 강을 거슬러 올라온 건가?!"

공적을 목격한 배의 승무원이 술렁거렸다. 역시, 이것은 늘 배에 타는 그들에게도 이상한 사태인 모양이다.

"좀처럼 안 나올 공적의 습격을 우연히 맞닥뜨린 건가……. 재수가 없군. 어쩌면, 우리 중에 재난을 불러들이는 트러블 메이커라도 타고 있는 게 아닐까?"

"십중팔구, 카임 님이에요."

"그럴 것 같긴 했지만!"

티가 스스로 말해놓고 침울해하는 카임의 등을 애처롭게 쓰다듬으면서 물었다.

"그보다도…… 어쩔까요, 카임 님. 싸우나요?"

"나는 그래도 상관없지만…… 한동안은 상황을 지켜보는 쪽이 좋겠지. 부주의하게 손을 대면 도리어 배를 파괴하게 될지도 모르니까."

카임은 고개를 내저으며 대답했다.

조인 공적의 인원수는 스무 명 정도. 하늘을 나는 것은 성가셨지만, 카임이라면 쓰러뜨리기 어렵지 않은 인원수다.

하지만 배나 승객을 지켜낼 수 있느냐 묻는다면 이야기는 별개다. 조인이 하늘에서 화살이나 마법을 쏘아댈 경우, 자칫하면 배 그 자체가 가라앉을 우려가 있다.

"어흥……, 카임 님의 생각이 정답인 것 같아요. 공적이 묻고 따지지도 않고 공격해 오지 않았다는 건, 교섭의 여지가 있다는 거예요. 교섭에 따라서 금품을 넘겨주기만 하면 넘어가 줄지도 몰라요."

"……이대로 손을 쓰지 않고 상황을 지켜볼까. 저쪽이 시비를 걸어온다면, 온건하게 끝낸다는 보증은 못 하겠지만."

카임과 티가 경계하면서 상황을 엿보고 있노라니, 배의 조종석에서 나이 지긋한 뱃사람이 나타났다. 선장 같아 보이는 그 남자는 흰 손수건을 파닥파닥 흔들면서, 머리 위를 향해 크게 소리를 높였다.

"이쪽에 싸울 의사는 없다! 돈은 지불할 테니 손님과 선원을 상처입히지 말아다오!"

아무래도 저항 없이 항복하기를 선택한 모양이다. 현명한 판단이다.

"돈뿐만이 아니야. 배에 실은 짐도 받아 가겠는데 불만은 없겠지?"

하늘을 날던 공적 중 한 사람이 일방적인 요구를 건네며 갑판까지 내려왔다.

아무래도 교섭 역할인 모양이다. 매 머리를 한 조인은 창을 든 채 선장의 앞에 착지했다.

"배에 실은 짐은…… 승객에게서 맡은 물건이다. 내 뜻 하나로는……."

"딱히 죽여서 빼앗아도 상관없는데? 어느 쪽이든지 수고는 다르지 않지만!"

매 조인이 깔보는 듯한 말투로 말하자, 하늘을 나는 다른 조인도 껄껄 추악하게 웃었다.

이 대하에는 해적다운 해적도 나오지 않기 때문에, 이 배엔 호위가 될 전력이 거의 타지 않았다. 공적이 보기엔 승무원·승객을 몰살하고서 짐을 빼앗는 일도 그다지 수고가 들지는 않을 것이다.

'시간이 지나면 이상함을 깨닫고 연안에서 헌병이 달려올지도 모르지만……. 그게 언제가 될지.'

여기는 대하의 딱 한가운데. 헌병이 배를 타고 들이닥친다 해도 시간이 걸릴 터. 물론 공적 역시 그때까지 기다리지는 않으리라.

"크……, 알았다. 가지고 가라."

선장이 분하게 표정을 일그러뜨리며 배에 실은 짐을 내주겠다고 승낙했다.

인명을 최우선으로 한 판단. 아무래도 이 배의 선장은 선량한 인간인 모양이었다.

"잠깐만 기다려! 그런 횡포는 용서 안 해!"

하지만…… 모처럼 수습될 뻔한 교섭에 참견하는 인간이 나타났다.

선장과 공적의 대화에 끼어든 이는 그야말로 고급스러워 보이는 정장을 몸에 걸친 중년 남성이었다. 멋지게 벗겨진 머리를 비지땀으로 번들번들 빛내고, 육중하게 군살로 출렁이는 몸을 흔들며 선장에게 바싹 다가갔다.

"이 배는 내 재산도 운반하고 있다고!! 비천한 새대가리들한테 베풀어 줄 게 어디 있겠냐! 명령이다, 공적의 요구 따위는 따르지 말고 철저하게 항전해라!"

"이거 봐……, 저 남자는 바보인가?"

조금 떨어진 곳에서 상황을 엿보던 카임이 기막혀했다.

이 상황에서…… 바로 눈앞에 공적이 있는데, 너무나도 무모한 발언이다. 모근과 함께 이성까지 사멸했다고밖에 여겨지지 않는다.

예상컨대 어딘가의 부호나 귀족인 것일까……. 명백히 상황

판단을 못 하는 기색이다. 이 자리에서 공적에게 거슬러봤자 좋은 일 따위는 있을 턱이 없다.

하물며…… 무기를 들이미는 조인을 '비천한 새대가리'라 부르다니, 제정신으로 하는 짓이라고는 생각할 수 없었다.

"목숨을 잃겠군, 저 녀석……. 내 알 바는 아니지만."

카임의 예상대로, 조인 공적은 명백히 기분이 상한 모양이다. 새의 얼굴에 어떤 감정이 떠올랐는지는 모르겠지만…… 살기를 띤 분위기가 전해졌다.

공적의 노기를 감지했는지, 황당한 선장이 양손을 펼쳐서 중년 남성의 앞을 막아섰다.

"잠깐……, 손님! 대화를 방해하지 말아 주게! 모처럼 온건하게 끝낼 수 있을 것 같으니까 물러서 줘!"

"에에잇, 평민 선원 따위가 나에게 잘난 척 가르치려 들지 마라! 배의 책임자라면 목숨을 걸고서 내 재산을 지켜야지!"

"그런 무모한 소릴……. 이 배에 탄 전력은 짐 파수꾼 정도가 다라고! 오랫동안 이 강에 도적 따위는 나오지 않았으니까!"

"그딴 걸 내가 알게 뭐냐! 뱃사람이라면 이 정도 사고에 겁먹지 말고 맞서야지!"

선장과 중년 남성이 말다툼하기 시작했다.

배의 갑판에 어색한 분위기가 퍼져 나갔다. 멀리서 상황을 보던 선원도 승객도, 하늘을 나는 조인 공적조차도, "그러고 있을 상황이냐?"라고 기막혀했다.

"아……. 캡틴, 곤란해!"

쓸데없는 언쟁을 하고 있노라니…… 공적 중 한 사람이 먼 곳을 손가락으로 가리키며 외쳤다.

"헌병이다! 어부들의 배를 빌려 이쪽을 향해서 오고 있어!"

보아하니 대하 서쪽—— 오타랴 항구에서 배 몇 척이 오고 있었다. 배에는 헌병처럼 보이는 병사가 타고 있었는데, 이쪽의 이변을 알아챈 모양이다.

"칫……, 예상보다 더 움직임이 빠르군. 좀 더 시간이 있을 줄 알았는데. 어쩔 수 없지……. 실은 짐은 포기해라! 눈에 띄는 금품을 빼앗을 수 있을 만큼 빼앗아서 서둘러 물러간다! 의뢰받은 대로 배에 불을 지르는 것도 잊지 마라!"

"아니……, 얘기가 다르잖아?! 왜 배를 태운다는……."

선장이 당황해서 떠들었지만…… 매 조인이 창을 휘둘러서 자루 부분으로 선장을 후려쳤다.

"으억?!"

"시끄럽다! 빌어먹을……. 간단히 한몫 챙길 일인 줄 알았는데, 이렇게나 빨리 병사가 달려온다는 소리는 못 들었다고! 누구냐, 이 항구 놈들은 평화에 찌들었으니까 손쉬울 거라고 한 놈은!"

"네, 네놈, 이 배에는 내 재산이……. 나는 제국 귀족인데, 이런 짓을 하면 그냥 넘어갈 거라……, 끄악?!"

"알 게 뭐냐! 네놈이 소란을 부린 탓에 시간을 낭비했잖아! 돼지는 냉큼 뒈져라!"

매 조인이 창끝으로 중년 남성을 베었다. 몸체에서 붉은 피가 좌악 흩어지고, 뚱뚱하게 찐 거구가 배의 갑판에 쓰러졌다.
"금품을 빼앗아라, 그리고 여자도다! 비싸게 팔 수 있을 법한 젊은 여자를 납치해 간다!"
매 조인이 배의 갑판을 둘러보더니 카임 일행에게 눈길을 멈추었다. 엄밀히 말하자면 카임의 옆에 있는 티를 응시했다.
"흐음……, 거기 은발 수인, 상당히 비싸게 팔 수 있을 것 같잖아! 좋아, 우선 그 녀석을……."
"바보냐. 목숨이 필요 없는 모양이로군."
"윽……?!"
자독마법(紫毒魔法)──【비독(飛毒)】.
카임이 손가락에서 쏜 독의 탄환이 매 조인의 안면에 명중했다.
매 조인은 몇 번인가 날개를 퍼덕였지만, 그대로 갑판에서 굴러떨어져 강으로 떨어졌다.
"티를 납치하겠다고? 웃기는 소리를 지껄이는군."
매 조인을 순식간에 처치한 카임은 지긋지긋하다는 양 중얼거리며 앞으로 나섰다.
"너희가 어디에서 누구를 죽이고 무엇을 빼앗든 알 바가 아니지만…… 내 여자에게 손을 대는 건 불쾌하다! 전부 다, 숨통을 끊어줄 테니까 덤벼라. 강에 뿌려 물고기 먹이로 만들어 주마!"
카임은 머리 위를 나는 조인 공적을 향해서 도발하듯이 말했다.
"네놈은 뭐냐?!"
"잘도 동료를 해치웠겠다?!"
동료를 잃은 조인이 미친 듯이 격노해 카임을 향해서 무기를 겨눴다.

조인 한 사람이 쏜 화살이 카임의 어깨에 명중했다. 하지만 확실히 명중했을 화살은 피부를 뚫지 못하고 툭 떨어졌다.

압축 마력의 갑옷을 두른 카임 앞에서 매직 아이템도 아닌 단순한 화살 따위는 어린애 장난감이나 마찬가지다.

“그런 공격으로 당할 만큼 나약한 몸이 아니야……. 금세 끝내 줄 테니 물러서 있어라.”

“…………!”

마지막 말은 공직과 교섭하던 선장을 향한 것이다. 선장이 카임의 뜻을 헤아려 안쪽 선실로 물러섰다.

“카임 님, 저도 돕겠어요!”

다른 승객이나 선원이 도망치려고 우왕좌왕하거나 숨는 와중에, 티가 기운 좋게 손을 들었다.

“이거 봐……, 무리는 하지 마라?”

“알겠어요! 발목을 붙잡지는 않을 테니 안심하세요!”

티가 치마 속에서 삼절곤을 꺼내 들면서 힘차게 단언했다.

티라면 스스로 자기 몸 정도는 지킬 수 있으리라. 전투 민족인 ‘호인’의 힘은 장식은 아닐 것이다.

“그럼 갑판에 내려온 놈을 맡기겠다. 남김없이 머리를 깨부숴줘라.”

“하늘을 나는 놈들은 어떻게 할까요? 위에서 공격받으면 방어만 해야 해요.”

“나는 놈들은…… 내가 죽이겠다.”

이번에는 조인이 창을 던져왔다. 카임은 손날로 날아온 창을 쳐서 떨어뜨리고, 그대로 갑판을 박차서 크게 도약했다.

압축 마력으로 강화된 신체 능력은 일반인을 아득히 능가했지만, 역시나 하늘을 나는 조인 공적에게까지 닿지는 않았다.

"투귀신류(鬪鬼神流)——【주작】!"

하지만…… 하늘을 날아오른 카임이 공중을 발판으로 삼아 더 높다랗게 하늘에서 춤췄다.

카임은 그대로 창을 던진 조인을 노려서 깊게 파고들어 안면에 주먹을 때려 박았다.

"그하악?!"

"아니……, 인간 주제에 하늘을 날아?!"

"말도 안 돼! 하늘은 우리 조인의 영역이라고!!"

조인 공적이 경악해서 외쳤다.

카임은 송곳니를 드러내며 흉악한 육식 짐승처럼 웃고는 다시 공중을 박찼다.

"나는 게 아니야. 대기를 박차서 하늘을 달리고 있을 뿐이지!"

투귀신류·기본 형태——【주작】.

투귀신류에 의해 생겨난 압축 마력은 물질적인 성질을 가진다. 주먹이나 발에 두르면 무기로, 몸통이나 팔에 두르면 방어구로 쓸 수가 있다.

【주작】은 물질화된 압축 마력을 유지시켜 아무것도 없는 공중에 발판을 만들고, 공중을 자유자재로 이동할 수 있는 기술이었다.

"마력을 활용한 무투술의 극한. 이 투귀신류에 빈틈은 없다.

설령 상대가 천공의 지배자인 용이라고 해도, 이 주먹으로 때려서 떨어뜨려 주겠어!"

"커허억?!"

이번에는 까마귀라 여겨지는 검은 깃털을 가진 조인의 몸체를 후려쳐 강으로 추락시켰다.

공적이 일제히 창이나 검, 활로 공격을 걸어왔다. 하지만 하늘을 달리는 카임을 붙잡을 수는 없다. 카임은 차례차례 쏟아지는 공격을 상하좌우로 입체 이동해 피하면서, 점점 조인을 때려서 떨어뜨려 나갔다.

"어흥! 물에 가라앉으세요!"

"윽……?!"

한편, 배의 갑판에서도 싸움이 일어났다. 티가 약탈하고자 배에 내려온 조인을 삼절곤으로 격퇴하고 있었다.

조인은 재빨라서 붙잡기 어려운 존재이기는 했지만, 그것은 어디까지나 공중전의 이야기. 배의 갑판에 내려오면 평범한 인간과 다르지 않으니 호인인 티의 적수는 아니었다.

"하늘이라면 또 몰라도 땅에선 지지 않아요! 호랑이를 우습게 보지 말아요!"

"좋아……, 우리도 가자! 저쪽 아가씨에 이어서 배를 지켜라!"

선실로 도망쳤을 선장이 되돌아와 부하 선원을 향해서 소리를 질렀다. 그 손에는 어딘가에서 가지고 온 것인지 굵은 각재가 쥐어져 있었다. 도망친 것이 아니라 그저 무기가 될 만한 물건을 가지러 갔던 모양이다.

"오옷! 처치해 주마!"
"우리 배를 습격한 걸 후회해라!"
"바다 사나이의 힘을 보여주겠다!"
"여기는 강이지만!"

선원들이 제각각 외치며 나이프나 대걸레 자루 등 가까이 있는 무기를 쥐고서 응전했다.

처음에는 싸우지 않고서 항복하려고 했던 뱃사람들이었지만…… 공적이 "배에 불을 지르겠다"라는 실질적인 몰살 발언을 하기도 했고, 카임이나 티가 조인을 차례차례 격퇴함으로써 간신히 싸울 각오를 다진 모양이다.

"전투의 흐름이 바뀌었어……. 아무래도 승부는 정해진 모양이야. 조만간 헌병의 배도 다다를 테니 이쪽의 승리다."

"크윽……, 육지 인간 따위에게 지다니! 설마, 이렇게까지 당할 줄이야……!"

조인 한 사람이 분하다는 듯이 신음하고, 위아래의 부리를 부딪치며 딱딱 소리를 울렸다.

처음에는 스무 명도 더 되던 조인이었지만 이미 절반 이하로 줄어들었다. 카임 손에 떨어진 자도 있거니와, 약탈하려고 하다가 티나 선원에게 격퇴된 자도 있다.

"철수다! 하지만…… 그 전에 의뢰만큼은 달성하겠다! 불타올라라……, 【기가 플레어(호화구)】!"

"아니……!"

조인 중 한 사람……, 극채색 날개가 달린 남자가 품에서 꺼내든 물건은 양피지 두루마리. '매직 스크롤'이라 불리는 아이템이었다.

매직 스크롤에는 마법 주문이나 각인이 적혀 있어서, 일회용이기는 하지만 마법사 이외의 인간이라 해도 일시적으로 마법을 쓸 수 있게 된다.

화려한 색을 띤 조인의 눈앞에 거대한 불덩이가 나타났다. 불덩이는 똑바로 배 앞쪽에 명중해 불기둥을 만들며 폭발했다.

"【기가 플레어】!"

"불타라! 전부, 불타 버려라! 동료의 복수다!"

살아남은 조인이 차례차례 스크롤을 써서 배를 공격해 왔다.

"칫……, 다 처리할 순 없나! 배가 불탄다!"

카임은 근처 조인에게서 스크롤을 빼앗아 강에 떨어뜨렸지만, 전원을 다 막을 수는 없었다. 한 사람이나 두 사람이라면 마법을 쏘기 전까지 처리할 수 있지만…… 수가 너무 많아서 즉시 대처할 수는 없다.

발동한 불꽃 마법 한 발이 갑판에 있는 티에게까지 향했다.

"하게 내버려 두겠냐!"

카임은 적의 격추를 뒤로 미루고, 우선 동료를 지키기로 했다.

"투귀신류――【봉황】!"

발동시킨 것은 【주작】과 쌍이 되는 기술. 투귀신류에 있어서 또 하나의 공중전투술 【봉황】이다.

카임의 모습이 홀연히 사라졌나 싶더니, 다음 순간에는 티에게 닥쳐오는 불덩이의 진행 방향 위에 출현했다.

"카임 님?!"
"하앗!"
카임의 오른손이 웅웅 소리를 냈다. 압축 마력을 두른 오른손이 닥쳐오는 불덩이를 튕겨내 억지로 궤도를 비틀었다. 표적에서 빗나가 강으로 떨어진 불덩이가 커다란 물기둥을 만들었다.
"무사해서 다행이다. 제때 맞춘 모양이로군."
【주작】이 공중에 발판을 써서 종횡무진으로 움직여 대는 기술인 것에 비해, 【봉황】은 순간적으로 대량의 마력을 방출해서 고속으로 이동하는 이동술이었다. 연속으로 발동할 수 없고 직선적으로 움직일 수밖에 없기는 하지만, 그 속도는 사라졌다고밖에 볼 수 없는 수준이었다.
"카임 님, 괜찮으세요?! 지금, 손으로 불꽃을……."
"문제없어. 이 정도는 가벼운 화상이야. 침이라도 발라두면 금세 낫겠지."
불덩이를 튕겨낸 카임의 오른팔은 벌게지기는 했지만 큰 상처는 없었다. 압축 마력을 두르지 않았더라면 이렇게 되지는 않았겠지만.
"하지만…… 이건 곤란하군. 몇 발쯤 맞아버린 모양이야."
"빨리 불을 꺼라! 불길이 번진다!"
화염 마법을 맞은 배 여기저기가 불타고 있었다. 선원이 황급히 소화를 시작하기는 했지만…… 오래 버티지는 못하리라.
"좋아, 잘됐군! 이대로 물러간다!"
"꼴 좋다! 가라앉아 버려라!"

불태울 만큼 불태우고, 살아남은 조인 몇 명이 강 아래 방향으로 날아가려고 했다.

카임은 도망치는 공적을 노려보며…… 어금니를 꽉 깨물고 신음했다.

"……이렇게까지 제멋대로 날뛰고서 도망칠 수 있으리라 생각하는 건가? 단 한 사람도 살려서 돌려보내지는 않아."

카임은 체내의 마력을 가다듬어서, 이번에는 몸에 두르는 것이 아니라 다른 형태로 발동시켰다.

"자독마법――【포이즌 호넷(독벌)】."

카임의 오른손에 보라색 마력이 응축되었다. 고밀도로 단단히 굳은 마력이 튕기듯이 날아가, 인간의 머리 부분과 같은 크기의 탄환이 되어 쏘아졌다.

쏘아진 일격이 도망치는 조인을 향해 갔지만…… 명중하지는 않고 그들 사이를 통과해 지나갔다.

"아앗! 빗나갔어요!"

티가 낙담의 소리를 질렀다.

빗나갔다……. 그렇게 여겨졌던 마법의 포탄이었지만, 진정한 공격은 이제부터였다.

"터져라."

카임이 손가락을 딱 튕기자 마력의 포탄이 폭발했다. 한 덩이의 마력이 수십, 수백의 탄환으로 변해서 사방팔방으로 튀었다.

"크아아아아아아아아아아아아아악?!"

"끄아아아아아아아아아아아아아악!!"

도망치려고 했던 조인이 산탄에 의해 꿰뚫렸다. 그 광경은 마치 부주의하게 찌른 벌집에서 대량의 독벌이 날아온 것 같았다.

탄환에 날개나 몸체를 꿰뚫린 조인들이 차례차례 추락했다. 치명상을 면한 조인도 계속 날 수가 없어서 금세 강으로 낙하했다.

'독의 왕'인 카임의 마력은 강력한 독약이라, 체내에 조금이라도 들어가 버리면 몸에 마비와 고통이 덮쳐와 움직일 수 없게 되는 것이다.

"대단해요! 저게 카임 님의 마법……. 강하고 대단하고 멋져요!"

티가 섬멸된 조인을 보고서 폴짝폴짝 튀어 올랐다.

성장한 주인이 가진 힘의 일부분을 목격해서 기쁜 것이리라. 그러고 있을 때도 아닐 텐데, 메이드복 옷자락을 마구 흐트러뜨리며 나잇값도 못 하고 들뜬 기색을 보였다.

하지만…… 그 한편으로, 칭찬을 받은 카임의 표정은 어둡게 가라앉았다.

"……내가 좀 더 마법 조작을 능숙하게 할 수 있었다면, 처음부터 고생은 하지 않았을 텐데."

카임은 마법 조작이 능숙하지는 않다. 아니, 명확히 말해서 지독히 서투르다.

한 사람, 두 사람을 노리는 소규모 마법이라면 모를까……. 수십 명의 적을 상대로 마법을 발동시킬 경우, 아군을 말려들게 하지 않게끔 정밀하게 마법을 발동시킬 수는 없었다.

만약 카임이 좀 더 치밀한 마력 조작을 습득했더라면, 배에 불이 붙기 전에 독을 써서 공적을 섬멸시킬 수 있었을지도 모른다.

"적은 쓰러뜨렸지만…… 반성이 필요하군. 무술뿐만이 아니라 마법 연습도 하는 편이 좋겠어."

"카임 님!"

카임이 【주작】을 해제하고 갑판으로 내려오자, 티가 그의 곁으로 달려왔다.

보아하니 배 여기저기에서 불길이 치솟고 있었다. 다 소화하지 못할 만큼 번진 불은 조만간 배 그 자체를 집어삼킬 것이다.

"아니?! 이, 이건 무슨 일이냐. 배가 불타고 있는데?!"

"세상에나……, 제가 자는 사이에 무슨 일이 일어난 건가요?!"

객실이 있는 계단에서 렌카와 밀리시아가 나타났다. 뒤늦게 소란을 알아채고서 갑판까지 올라온 모양이다.

"마침 잘됐군……. 둘 다, 서둘러 탈출하자!"

"꺅!" "앗!"

카임은 재빠르게 두 사람의 몸을 끌어안고서 배 난간에 발을 디뎠다.

"티도 늦지 말아라……. 간다!"

"알겠어요!"

두 사람을 끌어안은 카임이 대히에 뛰어들고, 티도 그 뒤를 따라왔다.

첨벙 하고 작은 물기둥을 올리며 착수한 주위에는 먼저 탈출했던 승객이나 선원의 모습이 있었다. 마지막까지 소화 활동을 하던 선원들도 불의 기세에 버티지 못해서 불 끄기를 포기하고 물에 뛰어들었다.

"이봐, 괜찮나! 곧 구해주마!"

뒤늦게 오타라 마을에서 온 헌병의 배가 도착했다. 헌병과 뱃사람이 강에 빠진 사람들을 자신들의 배로 차례차례 끌어 올렸다.

"아……."

그런 와중, 불에 삼켜졌던 연락선이 타닥타닥 불길한 소리를 울리면서 붕괴했다. 200명은 여유롭게 실을 수 있는 거대한 배가 맥없을 만큼 쉽사리 물밑으로 가라앉았다.

제2장 강 건너편 마을

"재난이었군……. 이대로 강 건너까지 바래다줄 테니까 몸을 쉬도록 해라."

공적의 습격을 받아 제국으로 향하던 정기선이 침몰했다.

구조하러 달려온 헌병들은 카임을 포함한 배의 승객과 선원을 배에 건져 올려, 대하의 반대편에 있는 마을까지 데려다주었다.

제국령인 강 건너편 마을—— '포레'. 그 항구에는 수많은 구경꾼이 모여들어서 불길을 올리며 물에 잠겨 드는 연락선을 바라보고 있었다. 카임 일행이 탔던 배가 도착하자, 항구에 있던 옷차림 좋은 남자가 배에 함께 탔던 헌병을 향해 말을 걸었다.

"이거 참, 큰일이었구려. 설마 공적이 습격할 줄 몰랐는데 전대미문이오!"

"영주님……, 실례지만 왜 그쪽 항구에서 배를 내주지 않았던 겁니까? 귀하들의 구원이 있었다면 배가 잠기기 전에 구조할 수 있었을지도 모르는데."

말을 걸어온 옷차림이 좋은 남자……, 이 마을을 다스리는 영주로 보이는 인물에게 왕국 측 헌병이 수상쩍은 표정으로 물었다.

공적이 습격해 온 곳은 대하 중앙 부근이었지만 굳이 따지자면 제국에 가까웠다. 제국 측에서 구조용 배를 내보냈다면, 배가 불타기 전에 공적을 쫓아낼 수 있었을지도 모른다.

"어쩔 수 없소. 상황을 확인하는 사이에 일이 이렇게 되어 버렸지 뭐요. 더군다나 습격받았던 건 '왕국'이 소유하던 배. 설부르게 제국 병사가 올라타면 국제 문제로 번지게 되지 않소?"
영주라 불린 남자가 유감스럽게 고개를 내저었다.
그런 태도를 거짓말처럼 느낀 이는 카임뿐만은 아니겠지만……일단은 이치는 맞아떨어졌다. 상대가 제국 측 유력자라는 점도 있어서 항의할 수 있는 만한 상황은 아니다.
"……어디까지나, 본인들에게는 잘못이 없다고 말씀하시는 겁니까?"
"실제로 그러니까 어쩔 수 없잖소. 귀하들 역시 공적의 습격 따위는 예상치도 못했을 터. 우리도 마찬가지일 뿐이오."
"…………."
영주의 주장을 듣고, 헌병은 그 이상 추궁할 수 없어서 분하다는 듯이 입을 꾹 다물었다.
"……알겠습니다. 그럼, 승객 여러분을 보호해 주시겠습니까? 모두 강물에 젖어 버렸습니다."
"네, 네, 물론이고말고. 바로 숙소를 알아보고 안내하겠소! 귀중한 재산을 잃은 분도 있을 테고……. 오늘 밤 숙박비는 제 쪽에서 준비할 테니 안심하시오!"
영주가 가슴을 두드리며 단언했다.
통 큰 제안이었지만, 연락선에 탔던 승객의 표정은 어두웠다.
그들은 공적의 습격 때문에 배에 실은 짐을 잃었다. 귀중한 재산을 실었던 자도 있거니와, 제국 쪽에 팔아넘기려던 상품을 잃은 자도 있었다. 앞날이 불안해 져버린 그들에게 하룻밤 숙박비 따위는 언 발에 오줌 누기나 마찬가지다.

"……카임 씨, 이제 갈까요."

"밀리시아?"

밀리시아가 카임의 옷자락을 잡아당겼다.

밀리시아는 평상복인 무늬 없는 드레스 위에 후드가 달린 외투를 걸치고 있었다. 일부러 후드를 깊숙이 뒤집어써서, 마치 도망자가 얼굴을 가리는 것 같았다.

"우리 짐은 무사하니 저 영주의 신세를 질 필요는 없겠죠. 여기 오래 있을 필요는 없어요."

"아아……, 그렇군. 아직 해가 높이 뜨긴 했지만, 이쪽 마을에서는 일찌감치 숙소를 잡을까."

밀리시아의 태도가 신경 쓰이기는 했지만, 카임 일행의 짐은 공간 마법이 걸려 있는 아이템에 수납되어 있으므로 배가 침몰해도 손해는 없었다.

시치미 떼는 영주의 이야기를 듣고 있어봤자 소용없으니, 항구를 떠나서 오늘 밤 숙박할 곳이라도 찾는 편이 건설적이리라.

카임 일행은 서둘러 그 자리를 떠나려고 했다. 하지만…… 거기에서 예상 밖의 방해가 들어왔다.

"기다리지 못하겠나! 네놈들!"

"어?"

등 뒤에 호통 소리가 들려오자, 카임이 뒤를 돌아보았다. 뒤를 돌아보자 그 앞에는 머리가 벗겨진 중년 남성이 지팡이를 짚고 있었다. 아까 전, 연락선에서 선장과 다투었던 승객이었다.

"아아……, 공적에게 베였는데 무사했군."

뚱뚱하게 배에 쌓인 지방이 쿠션이라도 된 것이리라. 중년 남성은 상반신에 붕대를 감고서 지팡이를 짚고 있었는데, 의외로 기운이 넘쳐 보였다.

중년 남성은 얼굴을 새빨갛게 물들이고 어깨를 들썩이며 성큼성큼 다가왔다.

"네놈! 대체 무슨 짓을 한 거냐!"

"……무슨 소리지? 짚이는 바가 없는데?"

"네놈이 그 새대가리들에게 무모한 싸움을 걸었기 때문에 배가 타서 가라앉아 버린 거다! 그 탓에 내 재산이 강의 쓰레기가 되었는데…… 어떻게 책임질 셈이지?!"

"뭐어?"

너무나도 이치에 맞지 않는 주장을 듣고 카임은 눈썹을 찌푸렸다.

분명 공적에게 배에 실은 짐을 건네는 것에 반대했던 사람은 눈앞의 중년 남성이다. 하지만 공적은 누군가에게 배를 태우라고 지시받은 듯한 언동을 했다.

카임이 싸우든 항복하든, 정기선에 실었던 짐을 잃게 되는 것은 피할 수 없다.

'그러고 보니…… 공적은 누구의 명령을 받고서 배를 태우려고 한 거지? 다 처치해 버린 이상, 확인할 수단은 없지만…….'

"시시하군……. 바보의 망언 따위를 상대할 가치는 없다. 우리는 이제 갈 테니, 멋대로 훌쩍훌쩍 아우성쳐라."

카임은 시간 낭비라는 양 발걸음을 돌리고는 동료를 데리고 떠나려 했다.
하지만…… 그 남자는 카임이 예상했던 것보다도 더 어리석고 운이 나빴다.
"기다려라! 기다리지 못하겠나! 내 재산을 돌려줘라! 돈을 내놓지 않겠다면 이 여자들을 팔아 넘겨주겠다!"
"꺄악?!"
"아가씨!"
더더욱 말이 격해진 중년 남성이 밀리시아의 팔을 붙들고서 잡아당겼다. 렌카가 황급히 밀리시아에게서 남자를 떼어놓으려고 했다.
"죽어라."
남자가 밀리시아에게 손을 대자, 카임에게서 마지막 자비가 사라졌다. 카임은 중년 남성의 배를 용서 없이 걷어찼다.
"으익……!"
중년 남성은 복부를 걷어차여서 알아들을 수도 없는 비명을 지르며 공처럼 굴러갔다. 그러고는 그대로 항구 끄트머리에서 강으로 떨어져 작은 물기둥을 만들었다.
"쓰레기 같으니라고……. 더러운 손으로 내 여자를 건드리지 마라."
항구에는 헌병도 있었지만, 기가 막힌 표정을 짓는 그들은 폭행을 저지른 카임을 탓하지 않았다. 대화 내용을 보아 그 중년 남성에게 잘못이 있었다는 사실이 명백하기 때문이리라.
헌병이 어쩔 수 없다는 듯이 한숨을 쉬면서 강에 떨어진 남자를 끌어 올렸지만…… 육지에 끌려 나온 중년 남성은 바다사자처럼 굴러서 강물을 뿜었다. 아직 죽지 않은 모양이었다.

"'욕을 먹으면 오래 산다'……라고 했던가? 대단한 생명력이잖아."

공적에게 베여도 죽지 않았으니, 어쩌면 악운은 강한 것일지도 모른다.

"아가씨, 괜찮으십니까?"

"네……, 문제없어요."

렌카가 중년 남성에게 팔을 붙들렸던 밀리시아를 살폈다. 밀리시아는 붙잡힌 팔을 비비고 있기는 했지만 멍이 들지는 않은 모양이다.

"아니……, 저, 저분은 설마……!"

중년 남자가 팔을 잡아당겼던 탓에, 밀리시아의 머리 부분을 덮었던 후드가 벗겨지고 말았다. 조금 떨어진 곳에 있는 영주가 눈을 크게 뜨며 드러난 밀리시아의 얼굴을 응시했다.

"어째서, 이 마을에……?!"

"가요, 카임 씨! 빨리, 당장!"

밀리시아가 황급히 후드를 다시 뒤집어쓰고서 카임의 소매를 잡아당겼다.

"그래……. 알았어, 가자."

필사적인 기색으로 호소하는 밀리시아의 모습에, 카임은 재빠르게 이곳을 벗어나기로 했다.

등 뒤에 있는 영주가 이쪽을 바라보는 기척이 느껴졌다. 영주는 밀리시아에 대해 아는 모양이지만 말을 걸어오지는 않았다.

'아는 사이라고 해도, 사이 좋은 관계는 아닌 모양이군…….
일이 성가셔지지 않으면 좋겠는데.'

모처럼 제국에 도착했는데…… 느낌이 좋지 않은 개막이다.

카임은 여행의 무사를 기원했지만, 유감스럽게도 그 바람은 이뤄지지 않으리라.

카임의 나쁜 예감은 적중할 것이다. 그것은 요 며칠 동안에 지겨울 만큼 증명된 사실이니까.

○ ○ ○

대하의 동쪽에 있는 마을. 제국 서쪽 끝 도시인 이 항구 마을의 이름은 '포레'라고 한다.

널따란 대하에 접하는 교역의 현관문. 물류가 왕성한 것은 서쪽 해안의 오타라 마을과 다르지 않다. 큰길은 셀 수 없는 인파로 흘러넘쳐서, 주의해 걷지 않으면 동행자와 떨어지고 말 것 같다.

오타라와 다른 점이라고 하면, 거리를 걷는 인간의 인구 비율이리라. 제국령인 이 마을에는 인간 말고 다른 종족이 여럿 보였다.

짐승 귀와 꼬리가 난 여성이 노점에서 물건을 팔고 있다.

파충류 머리를 가진 남자가 커다란 입을 벌리며 손님을 불러들여 생선을 팔고 있다.

두 다리로 선 고양이가 아이와 함께 뛰어다니며 술래잡기를 하고 있다.

올빼미 얼굴을 한 노인 같은 인물이 길가에 주저앉아서, 기분 좋게 잠들어 고른 숨을 내쉬고 있다.

인류 지상주의를 내거는 교회의 영향을 받아 아인 차별이 심한 제이드 왕국에서는 있을 수 없는 광경이다. 메이드복을 입은 호인…… 티가 큰길을 걸어 다녀도, 누구 한 사람 수상한 눈길을 보내오지 않았다.

"응……. 기분 좋아 보이는 마을이잖아. 마음에 들었어."

카임은 인종이 샐러드 볼처럼 뒤섞인 광경을 앞에 두고 감탄하며 고개를 끄덕였다.

제이드 왕국에서는 수인이나 아인은 노예이거나 그렇지 않으면 길거리를 헤매던 자뿐이었다. 많은 종족이 뒤섞여서 공존하는 광경은 이질적이었지만, 혼란스러운 거리에는 어떤 사람도 받아들여 줄 수 있는 큰 도량이 있어서 흐뭇하게 여겨졌다.

"제국은 실력주의를 내걸고 있어서, 그에 걸맞은 실력이 있으면 종족은 상관없어요. 다른 나라에서 방문하는 사람은 곧잘 놀라요. 그중에는 불쾌하게 생각하는 분도 계신 모양이지만요……."

밀리시아가 옆에 나란히 서서 보충했다. 머리에는 아까 전과 마찬가지로 변장용 후드를 뒤집어쓰고 있었다.

"핫! 우리 나라 놈들은 이놈이고 저놈이고 머리가 딱딱해서 배타적이니까. 자기들과는 다른 존재, 이해할 수 없는 무리가 무서워서 어쩔 줄 모르는 거야. 그릇이 작다고 할까, 간이 작다고 할까……. 인간 종족이 그렇게 잘난 건지 의심스럽다고."

카임은 뼈가 있는 말을 내뱉었다.

인간으로 태어난 카임이었지만 '저주받은 아이'로 출생해서 계속 차별받아 왔다. 제이드 왕국의 차별적인 나쁜 국풍은 지겨울 만큼 뼈저리게 잘 안다.

'어쩌면, 이 나라에 태어났더라면 내 인생 역시 조금은 변했을지도 모르지……. 아무래도 좋은 일이지만.'

그렇다고 해도 만약 불행한 유년기를 보내지 않았더라면 '독의 여왕'과 화해해서 융합할 수 없었을지도 모른다. 카임은 얼마 지나지 않아 저주에 좀먹히고, '여왕'의 새로운 그릇이 되어 몸을 빼앗겼으리라.

'뭐가 좋은 결과를 가져올지는 모르는 거군. 인생은 재미있고도 우습다고나 할까, 뜻대로 되지 않는다고 할까…….'

"아가씨, 앞으로 어떻게 할까요?"

뒤에서 따라오던 렌카가 물었다. 밀리시아가 후드 안쪽에서 아주 조금 생각하는 기색을 보이고서 입을 열었다.

"글쎄요……. 오늘 밤은 숙소를 찾아서 하룻밤 묵을까요. 아직 날이 밝기는 하지만, 일찍 숙박할 곳을 찾아두는 편이 좋겠죠."

교역 도시인 포레에는 행상인이나 여행자가 여럿 찾아온다. 아직 해가 높이 떴기 때문에 시간에 여유는 있지만…… 방심하면 요전 날처럼 몇 곳이나 숙소를 찾아 걸어 다니게 되고 말 것이다.

"그렇군……. 잠자리는 일찍 정할수록 좋아. 넷이서 묵게 되면 더더욱 그렇지."

카임이 밀리시아의 의견에 동의하자, 그때까지 입을 다물고 있던 티가 앞으로 나와서 주인의 팔을 끌어안았다.

"그럼 티가 카임 님과 묵겠어요! 그쪽은 두 분이서 숙소를 잡으세요!"

"기다리세요! 왜 그렇게 되는 건가요?!"

"우……."

어리광부리듯이 카임의 어깨에 얼굴을 비비며 바짝 다가선 티. 밀리시아가 언성을 높였다. 호위하는 여기사인 렌카도 옆에서 눈썹을 찌푸리고 있었다.

"빈 4인실을 찾기는 힘들어요. 2인실을 두 개 찾는 편이 확실히 발견할 수 있어요."

"그건 그럴지도 모르겠지만…… 그렇다고 해서 티 씨가 카임 씨와 같은 방을 쓰는 건 아니잖아요?! 둘이서 방을 잡는다면 제가 카임 씨와 묵겠어요!"

"아가씨……, 그 발언도 좀 아닌 것 같습니다만……."

"렌카! 렌카는 분하지 않은 건가요?! 카임 씨는 모두의 카임 씨인데, 티 씨만 독점하다니 있어도 될 일은 아니잖아요?! 조약위반이에요!"

"조약은 또 뭔데. 나는 내 거니까, 멋대로 공유재산으로 만들지 말아줘……."

밀리시아의 주장을 듣고 카임이 기가 막혀서 참견했다.

분명 밀리시아와 렌카를 안고서 연인 관계가 되기를 승낙했고, 티와도 비슷한 상태가 되었다. 그렇다고 해서…… 자기 몸을 멋대로 개인 물건으로 취급하면 역시나 곤란하다.

'뭘까……. 분명 세 미녀가 나를 두고 서로 쟁탈전을 벌이는데. 남자로서는 부러움을 살지도 모르겠지만, 하나도 기쁘지 않아…….'

하렘이라는 것은 남자에게 낙원 같은 이미지가 있지만…… 의외로 힘겨울지도 모른다. 카임은 여러 여성에게 둘러싸이는 남성의 고생을 절절히 공감했다.

'가능하다면, 1인실과 3인실로 나눌 수 있으면 고맙겠는데…… 그렇게 잘 풀릴까?'

아니나 다를까라고나 할까, 역시라고나 할까……. 그날, 카임 일행은 다른 숙소에 각각 두 사람씩 나뉘어 묵게 되었다. 이른 시간부터 찾기 시작했지만 예상보다 더 숙소가 붐벼서, 같은 방은커녕 같은 숙소의 방조차 4인분을 잡을 수 없었던 것이다.

방 배정은 카임과 티, 밀리시아와 렌카로 나뉘었다.

밀리시아는 불만을 토로했지만…… 배 안에서 밀리시아가 카임에게 안기기도 했고, 렌카가 호위 대상인 밀리시아와 떨어지는 것에 이의를 제기했다. 그렇게 티가 노리던 대로 주인과 같은 방을 확보한 것이다.

밀리시아는 손수건을 물고서 분통을 터뜨렸지만…… 그렇게까지 슬퍼서 탄식할 만큼 대단한 일인가 하고, 자신의 총애를 경쟁하는 여자들을 둔 카임으로서는 고개를 갸웃거리기만 할 뿐이었다.

○ ○ ○

“자……. 그럼, 살짝 관광할 겸 밥이라도 먹으러 갈까.”

“그래요! 함께하겠어요!”

방에 짐을 놓아둔 카임과 티는 그대로 둘이서 외출하기로 했다.

사실은 내일이라도 느긋하게 마을을 둘러볼 생각이었지만, 밀리시아의 사정 때문에 되도록 빨리 마을을 떠나기로 했다. 이유가 무엇인지 얘기하지 않았지만 영주에게 얼굴을 보인 것과 관계있을지도 모른다.

‘찬찬히 관광할 수 없는 건 아쉽지만…… 밀리시아는 고용주이기도 하니까. 의향은 가능한 한 존중해 줄까.’

그런 사정도 있어서 카임은 굳이 여관에서 식사하지 않고 밖에서 외식하기로 했다. 레스토랑을 찾으면서 마을을 둘러보려는 생각이다.

물론, 밀리시아와 렌카에게도 권유했지만…… 두 사람은 고개를 내저으며 거절했다.

“아뇨, 오늘은 피곤하니 여관에서 쉬겠어요.”

“괜찮은 건가? 너희가 남겠다면, 나도 같이 있어도 상관없는데…….”

“아뇨, 괜찮아요. 너무 카임 씨에게 수고를 끼치기도 죄송하니까요. 여관에서는 안 나갈 테니, 당장 무슨 일이 일어나지도 않겠죠.”

“아가씨는 내가 지킬 테니 걱정할 필요 없다. 천천히 식사를 즐기고 오도록 해라.”

밀리시아와 렌카의 재촉을 받아서…… 카임과 티는 여관에서 나와, 목적지도 없이 큰길을 어슬렁거렸다.

이미 해가 저물기 시작했는데, 거리에는 적지 않은 사람이 걸어 다닌다. 여기저기 늘어선 노점이 영업을 종료하고, 대신 주점 등이 가게 문을 열기 시작했다.

주점 앞에는 노출 많은 옷을 입은 여성이 호객 행위를 하는 곳도 있어서, 건장한 남자인 카임에게 시선을 보내며 꼬드겨 왔다.

“……제국 여자는 복장도 개방적이로군. 살짝 품위가 없는 것 같은 기분도 들지만.”

“카임 님, 옆에 티가 있는데 너무하시잖아요!”

“아얏!”

티가 카임의 옆구리를 ‘꽈악’ 꼬집었다. 여자다운 귀여운 질투였지만, 호인의 완력으로 꼬집었기 때문에 제법 진심으로 아팠다.

티는 선정적인 드레스를 입은 호객꾼을 원망스럽게 노려보고, 자신의 메이드복을 내려다보았다.

“어흐응……, 티도 저런 드레스를 입으면, 카임 님이 기뻐하실 건가요? 메이드복에 질려 버리셨나요?”

“질리고 자시고……. 아니, 그런 게 아니라.”

카임은 변명하면서도 드물게 침울한 기색인 티의 모습을 보고 초조해졌다. 화내거나 토라지는 일은 자주 있었지만…… 티가 의기소침해지는 것은 좀처럼 없는 일이었다.
당황해서 좌우를 둘러보던 카임이었지만…… 우연히, 거기에서 가게 한 곳이 눈에 들어왔다.
"아……, 딱히 메이드복에 질린 건 아니지만, 가끔은 다른 옷을 입어도 좋을지도 모르겠군. 때마침 저기에 옷 가게도 있고 하니…… 보고 갈까?"
카임의 시선 앞에 있는 것은 청결해 보이는 옷 가게였다. 귀족이나 왕족이 이용할 법한 고급점은 아니었지만, 서민이 살짝 분발해서 사치스러운 옷을 사기에 딱 좋은 가게다.
"어흥?! 옷을 사주시려고요?! 카임 님이 티에게?!"
티가 눈을 크게 뜨며 외치고, 치마 아래에서 나온 줄무늬 꼬리가 '핑!' 하고 뻗었다. 그렇게 놀랄 일인가 고개를 갸웃거렸지만…… 생각해 보면 카임이 티에게 무언가를 사준 적은 없었다.
'애당초 나는 얼마 전까지 열세 살 꼬맹이였으니까. 아버지에게서는 동화 한 닢조차 용돈으로 받지 않았고.'
어린 시절, 길가에 피었던 꽃을 선물해 주려고 한 기억은 있지만…… 손에 잡은 순간 독 때문에 꽃이 말라버렸던 것을 카임은 기억했다.
"……실컷 신세를 져왔으니까 옷 정도는 사줄게."
"카임 님……!"
티가 지극히 감격해서 튀어 오르듯이 카임에게 안겨들었다. 양손으로 카임의 머리 부분을 끌어안고, 다리로 몸통을 단단히 고정했다.

"으억?!"
"감격이에요! 감사해요! 감개무량해요! 오늘이 제 인생에서 가장 좋은 날이에요!"
"가, 값싼 인생이었네……. 이제 슬슬 놔줘."
카임은 부드러운 두 언덕에 얼굴이 파묻힌 채 답답하다는 듯이 티의 등을 두드렸다.

넉넉히 5분도 더 시간을 들여 티를 달래고 나서, 두 사람은 마침내 큰길에 접한 옷 가게에 들어갔다.
"어서 오세요. 어떤 옷을 찾으시나요?"
바로 영업 미소를 띤 점원이 나타나 두 사람을 응대했다.
"평상복을 사고 싶어. 이쪽 여자와…… 덤으로 내 물건도 사 둘까?"
카임은 옷을 거의 가지고 있지 않았다. 【독의 여왕】과 융합함으로써 신체가 급성장해, 가지고 있던 옷을 입을 수 없게 되어 버렸기 때문이다.
카임이 소유한 옷은 파우스트가 준 아이템 백에 들어 있던 의복 몇 벌과 속옷뿐이다.
'그 여자가 고른 옷을 계속 입고 있는 것도 기분이 나쁘니까. 자기 옷쯤은 스스로 사둘까.'
"내 옷은 적당히 줘도 돼. 우선 여성용 옷을 보여줘."
"알겠습니다. 그럼, 이쪽 코너로 오세요."
점원이 여성용 옷을 늘어놓은 구획으로 안내해 주었다. 거기에는 형형색색의 옷이 놓여 있었는데, 선명한 색채가 눈길을 끌었다.

"와아……, 대단해요."

"…………."

티가 감탄의 한숨을 쉬었다. 카임도 목소리를 내지 않기는 했지만 내심 놀랐다.

커다란 마을의 옷 가게에 들어온 것은 철이 들고 나서 처음일지도 모른다.

어머니인 사샤 하르스베르크가 아직 건강했을 적에는 그녀의 손에 이끌려 가게에 들어온 것 같은 기분도 들지만…… 당시에는 카임도 어렸기 때문에 거의 기억에 남아있지 않다.

사용인인 티 또한 비슷한 처지다. 제이드 왕국에서는 수인을 업신여기기 때문에, 옷 가게나 레스토랑에서는 입점을 거절당하는 일도 많다.

그게 아니더라도 시골인 하르스베르크 백작령에서는 멋들어진 가게 따위는 하나도 없다. 아마도 티는 지급된 메이드복과 잠옷 정도밖에 입어본 적이 없을 것이다.

"옷이 잔뜩 있어요……. 마치 보석 같아요."

"이게 전부, 파는 건가……. 감탄스럽군."

"네, 괜찮으시다면 시착해 보세요."

""시착?!""

카임과 티가 동시에 점원 쪽을 돌아보았다.

명백한 시골뜨기인 두 사람의 태도에, 점원이 자애로 가득 찬

포용력 있는 미소를 띠며 탈의실을 손가락으로 가리켰다.

"저쪽 개별실에서 마음에 드는 옷을 입어보세요. 사이즈 등도 조정해 드리니, 사양하지 말고 말씀하세요."

""…………""

카임과 티는 얼굴을 마주 보며 할 말을 잃었다. 도시의 옷 가게는 참으로 무섭다.

"그……, 그럼, 호의에 기대자. 마음에 드는 걸 입어 봐."

"아, 알겠어요……."

티는 머뭇머뭇, 명백히 익숙지 않음이 드러나는 동작으로 옷을 손에 들었다.

그렇게 잠시 옷을 물색했지만…… 서서히 옷을 고르는 즐거움이 어색함을 웃돌았는지, 표정이 점점 밝아졌다.

희희낙락 옷을 손에 들고서는 자기 몸에 대며 마음에 든 옷 몇 벌쯤을 시착하기도 했다.

"카임 님, 이건 어울리나요?"

"그래……, 어울려."

"이쪽은 어떤가요? 다른 색도 시도해 봤어요."

"그래……, 어울려. 어울린다고."

가게에 들어오고 나서, 이미 두 시간 가까이 지났다.

옷을 고르는 티는 조금도 피곤해 보이지는 않았지만, 카임 쪽은 명백히 마음고생이 보였다.

'뭐랄까……, 꽤 오래 걸리는군. 티라서 그런 건지, 그렇지 않으면 여성은 다들 옷을 고르는 시간이 긴 건지…….'

이미 카임은 몇 벌인가 자기가 입을 의류를 구입했다. 딱히 무언가 애착도 없기에 적당히 골랐다.

하지만 그 후에도 티는 질리는 기색도 없이 옷을 계속 고르고 있었다. 대체 뭐가 그렇게 즐거운지 카임으로서는 알 수 없었다.

이윽고 대강 옷을 다 고른 티는 속옷 코너로 찾아가, 거기에 있는 무수한 속옷을 엄선하기 시작했다.

"어흐응……, 팬티만으로 이렇게나 많아요. 카임 님은 좋아하시는 게 있나요?"

"…………알 게 뭐야."

"밀리시아 씨와 렌카 씨가 착용했던 '브래지어'라는 가슴 가리개도 있어요. 카임 님, 빨간색과 검은색 중 어느 게 취향이세요?"

"알 게 뭐야!"

위아래의 속옷을 손에 들고서 물어오는 티를 향해 카임은 허탈하게 대답했다.

따스하게 지켜보는 점원의 시선을 받으면서 연인의 속옷 취향을 질문받는 상황이 어째서인지 몹시 부끄러웠다.

'온 세상 남자들은 다들 이런 수치를 견디며 여자와 사귀는 건가……?'

양친을 포함해 참고할 만한 남녀가 가까이 없었으니 모르겠다.

"……옷을 사준다고는 했지만, 내가 여성용 속옷이 뭐가 좋고 나쁜지 알 턱이 없잖아."

"그리 어렵게 생각할 건 없어요. 주인님이 벗기게 될 속옷이니, 교미하고 싶어지는 쪽을 고르면 돼요."

"더더욱 알 게 뭐냐고!"
"이쪽 티백이라는 것도 추천해요. 최신 디자인이랍니다."
점원이 영업 미소를 지은 채 상당히 과격한 디자인의 속옷을 권해왔다.
레이스천으로 된 여성용 팬티였는데, 엉덩이의 대부분이 훤히 드러나서 선정적이다.
"어흐흥……. 대단해요, 야해요. 음란해요……!"
티는 그렇게 말하면서 눈을 빛냈다.
"카임 님, 이쪽 속옷을 시착하고 올 테니, 잠시 기다려 주셨으면 좋겠어요!"
"시착하는 건가?! 일부러?!"
"당연해요. 사이즈가 딱 맞는 걸 고르지 않으면 신체 라인이 무너져 버린다고, 아까 점원님이 말했어요! 카임 님을 위한 엉덩이와 가슴이니까 제대로 가꾸겠어요."
"윽……. 알았으니 다녀와라."
카임은 예상 밖의 공격에 대미지를 받으면서 어쩔 수 없이 허가를 내렸다.
넌지시 가게 안에 시선을 굴렸지만 카임 말고 다른 남성 손님의 모습은 없었다. 일단 티의 나신을 다른 남자에게 보여줄 걱정은 없어 보였다.
잠시 시간이 지나자 탈의실을 가리고 있는 커튼이 안쪽에서 열렸다.
"카임 님, 어때요? 잘 어울리나요?"

"으……!"

티를 본 카임은 숨을 삼켰다.

새빨간 팬티와 브래지어로 몸을 감싸고, 가터벨트를 찬 티의 모습은 시선을 뗄 수 없을 만큼 농염했다.

붉은 속옷이 은발의 티에게 무서우리만치 잘 어울렸다. 부드러워 보이는 두 언덕이, 형태 좋은 선을 그리는 둥근 엉덩이가, 선정적인 속옷을 몸에 걸침으로써 알몸 이상으로 흥분을 불러일으켰다.

"……살게요. 바로 구입이에요."

꿀꺽 침을 삼키는 카임의 모습을 보고서, 해냈다는 표정으로 티가 속옷 구입을 결정했다.

"이대로 입고 갈게요. 아까 산 옷도 같이 입어도 되나요?"

"물론입니다. 구매해 주셔서 감사합니다."

점원이 정중하게 고개를 숙였다.

티는 옷과 색이 다른 속옷을 몇 벌쯤 구입하고서 쇼핑을 마쳤다.

탈의실에서 갈아입은 옷은 평상복이라고는 여길 수 없을 만큼 미려한 디자인이었다. 여기저기 공들인 장식이 들어가 있는 흰색 드레스인데, 깊게 옆트임이 들어간 옷자락에서 긴 다리가 뻗어 나와 있었다. 가슴께도 크게 벌어져서 깊은 계곡이 여봐란듯이 자기주장을 하고 있었다.

마치 파티에라도 참가하는 것 같은 차림새가 된 티의 모습을 보고, 다른 옷을 봉투에 채워 넣던 점원이 양손을 '짝' 맞부딪쳤다.

"어머나, 참 잘 어울리시네요! 그렇죠, 남편분?"

"…………그래, 잘 어울려. 불평 없이."

여성 점원이 재촉하자, 카임이 어쩔 수 없이 긍정했다.

"어흐으응……. 카임 님, 기뻐요! 정말로 정말로 티는 행복한 사람이에요!"

다분히 쑥스러움이 담긴 말에는 센스가 없었지만, 티는 기쁜 듯이 만면에 미소를 띠었다.

그 후, 드레스로 갈아입은 티에 맞춰서 카임도 귀족이 입을 법한 비싼 옷을 구입하게 되고 말았다.

필요 없다고 거절하려 했지만…… 남자가 촌스러운 옷을 입고 있으면 같이 있는 여성에게 수치를 준다고 점원이 설득했다. 이 근처에 있는 드레스 코드가 있는 레스토랑을 소개받기도 해서, 차마 거절할 수 없게 되었다.

속은 것 같은 기분이 들면서도 고액의 요금을 지불한 뒤, 카임 일행은 합계 세 시간에 이르는 옷 고르기를 마쳤다.

○ ○ ○

옷 가게에서 소개받은 곳은 마을에서도 손꼽히는 고급 레스토랑이었다. 드레스 코드가 있는 가게였지만, 옷 가게에서 옷을 갈아입었기 때문에 문제없이 가게에 들어갈 수 있었다.

카임이 입고 있는 옷은 보라색 상의와 바지. 티가 입고 있는 옷은 옷자락에 옆트임이 들어간 흰색 드레스였다. 둘 다 익숙지 않은 옷을 입은 감각은 씻을 수 없지만, 그래도 미남미녀라서 나란히 앉아 있으면 그 나름대로 근사했다.

가게에서 내주는 술, 요리는 다 무척 고급스러웠다. 물론 그 가격 또한 고가라서, 도적에게 빼앗은 금전이 없었더라면 가게에 들어오기를 망설였을 것이다.

"……가게의 술, 모든 종류를 가지고 와줘."

기분이 좋은 기색으로 요리를 먹는 티의 앞에 앉아서, 카임은 자포자기하는 것처럼 그런 주문을 했다.

점원은 살짝 놀란 기색이었지만…… 그래도 프로였다. 표정을 바꾸지 않고 주문받은 대로 대량의 술을 테이블 위에 늘어놓았다.

카임과 티는 처음 먹는 고급 레스토랑의 요리에 입맛을 다시며, 전념해서 술을 목으로 흘려 넘겼다.

고래가 바닷물을 마시듯이 술을 들이켜는 카임을 보고서 다른 손님이 칭찬과 놀라움의 목소리를 내질렀지만, 카임은 신경 쓰지 않고 와인이나 칵테일을 들이켰다.

제이드 왕궁에서 나와 가넷 제국에서 보내는 첫날 밤이다.

아마 나중에 돌이켜 봐도, 기념할 만한 하룻밤이 되리라.

이대로 아무 일도 없었다면…… 틀림없이 최고의 추억으로 남았을 것이다.

"……어째서 이렇게 되는 거지? 나 원 참."

"어흥……, 카임 님과 티의 시간을 방해하다니 용서 못 해요!"

레스토랑에서 나와 여관으로 돌아가는 와중…… 카임과 티는 온통 검은 옷을 입은 집단에 포위되고 말았다.

이변이 일어난 것은 레스토랑을 나서고 바로 뒤의 일이다. 술을 배불리 마시고서 기분 좋게 취한 카임은 티와 팔짱을 끼고 가게에서 나왔다.

아마도 여관으로 돌아가면 티와 밤의 정사에 빠지게 되리라. 티의 황홀한 표정을 보면 안다. 너무나 기분 좋은 웃음을 띤 호인 여자의 얼굴에는 뚜렷하게 정욕의 빛이 떠올라 있었다.

"……뒤를 밟혔나?"

하지만 곧바로 연인 사이의 달콤한 시간을 방해하는 존재를 눈치챘다.

레스토랑에서 나오자마자, 등 뒤에 들러붙은 기척을 느끼고 카임은 미간을 찌푸렸다.

아무리 취했다고는 해도, 적의를 품은 기척을 놓칠 카임은 아니다. 상대도 능숙하게 숨기고 있는 모양이지만…… 투귀신류를 수행한 카임의 초감각은 수인의 오감조차도 능가하기에.

"아, 정말이에요! 누구실까요……. 이런 멋진 밤에 눈치 없이!"

티가 만면에 띤 웃음에서 싹 바뀌어 언짢은 표정을 지었다.

사랑하는 주인에게서 옷을 선물 받고, 레스토랑에서 식사하고…… 이제 곧 마지막 즐거움. 사랑의 행위에 힘쓰려고 한 참에 나타난 미행자에게 명백히 짜증을 냈다.

카임으로서는 티가 언짢아져 버린 쪽이 등 뒤의 미행자보다도 어지간히 무섭다.

"어디서 온 누구일까……. 일부러 우리의 뒤를 밟다니."

원한을 살 만한 일을 한 기억이 없지는 않다.

맨 먼저 떠오르는 가능성은 하르스베르크가에서 보낸 자객이었지만, 이것은 아버지의 방식과는 다르다는 느낌이 들고 시간상으로도 너무 빠르다.

독에 쓰러진 아버지── 케빈 하르스베르크가 눈을 떠서 카임을 죽이기 위한 자객을 고용했다고 해도, 제국까지 쫓아온 것 치고는 너무나 움직임이 빠르다.

'단순한 강도나 도둑이라든가…… 부자라면 상대가 누구든지 좋았을지도?'

고급 레스토랑에서 나온 사람이라면 돈을 가지고 있으리라……. 그런 얕은 생각으로 미행하고 있다면 이해 못 할 것도 없다.

'어느 쪽이든 할 일은 바뀌지 않지만. 티도 언짢아졌고 하니 서둘러 처리해서……, 응?'

뒤쪽뿐만이 아니라 앞쪽에까지 누군가의 기척이 나타났다.

양쪽 다 숨을 죽이듯이 자신의 존재를 숨기려 하고 있다. 이런 상황이 우연일 리가 없다. 그들은 잠복해서 카임 일행을 노렸던 모양이다.

"이봐……, 좀 봐달라고. 손님이 너무 많잖아."

때마침 인적이 사라진 타이밍을 가늠했는지, 앞뒤에 사람의 그림자가 여럿 나타났다.

소리도 없이 막아선 것은 검정 일색의 옷을 걸친 집단이었다. 몸뿐만이 아니라 머리까지 두건을 뒤집어써서 철저하게 정체를 감추고 있었다.

카임은 지긋지긋한 기분에 빠지면서 앞쪽에 있는 검정 괴한에

게 질문을 던졌다.

“누구인지는 모르겠지만…… 사람을 잘못 본 거 아닌가? 나는 이 나라에 이제 막 발을 들여서, 누가 노릴 만한 기억은 없다고.”

“………….”

검정 괴한은 입을 꾹 다물고는 말없이 무기를 겨눴다.

왈가불가하지 않겠다는 태도를 보고서, 카임은 절레절레 고개를 내저었다.

“역시 그런가……. 어제에 이어 오늘도 즐겁게 해 주는군. 짜증 나기 그지없어.”

“어흐으으으으응……, 카임 님과 티의 시간을 방해하다니 용서 안 해요!”

티가 드레스의 옆트임에서 삼절곤을 꺼내 들었다. 멋을 부리면서도 넓적다리에 무기를 동여매서 숨기고 있었던 모양이다.

무기를 꺼낸 것이 신호가 된 것인지 검정색의 괴한들이 일제히 뛰어들었다.

“티, 뒤는 맡길게!”

“어흥!”

티가 짧은 울음소리로 승낙했다.

검정 일색의 습격자는 앞쪽에 다섯 명. 뒤쪽에 세 명. 수만 따지면 도적이나 공적 때보다도 훨씬 적었다.

“으!”

“오오……?!”

하지만…… 그 움직임은 의외로 재빨랐다.

앞쪽에서 뛰어든 검정 괴한이 카임조차 눈을 크게 뜰 만한 속도로 단검을 휘둘러 왔다.

카임은 살짝 놀라면서도 목의 움직임만으로 시퍼런 칼날을 피했다. 하지만 그런 회피 행동을 읽었던 모양인지, 다른 검정 괴한이 좌우에서 베려고 달려들었다.

"놀랍군……. 이 녀석들, 암살의 프로인가?!"

재빠르지만 그 이상으로 경탄스러운 것은 검정 일색 무리가 소리 하나 내지 않고서 공격을 펼쳐오는 점이었다. 공격을 펼칠 때까지 전혀 움직임을 읽을 수 없었다.

"……이런! 위험해, 위험해!"

카임은 팔에 압축 마력을 뒤덮어 좌우에서 날아오는 칼날을 받아냈지만, 동료의 그림자에 숨어서 다른 검정 괴한이 날붙이를 던져왔다.

뛰어난 콤비네이션이다. 카임은 안면에 날아오는 칼을 이로 깨물어서 잡았다.

"이런! 독을 발라 놨잖아. 진짜로 죽일 셈이냐?!"

입으로 받아낸 나이프에는 독이 발라져 있는 모양인지, 쓰고 찌릿찌릿하고 썩은 알을 섞어 넣은 것 같은 형용하기 어려운 맛이 혀에 퍼졌다.

상당히 강한 독인 모양이지만, '독의 왕'인 카임에게는 효과가 없다.

'나는 문제 없지만…… 티에게는 버거우려나? 빨리 쓰러뜨리고 힘을 보태는 편이 좋겠군.'

"어흥! 어흥! 어흥!"

등 뒤에서 분전하는 티의 기척과 목소리를 느끼면서, 카임은 조급히 승부를 결정짓고자 진정한 힘을 발휘하기로 했다.

"투귀신류——【청룡】!"

카임은 오른쪽 손가락을 뻗어서 '손날'을 만들고 거기에 압축한 마력을 둘렀다.

분위기가 돌변한 카임에게서 강렬한 살의가 뿜어져 나왔다. 앞쪽에 있는 다섯 명의 검정 괴한도 압도적인 힘을 감지하고서 경계한 듯이 움직임을 멈추었다.

"싸움을 걸어놓고서, 이제 와서 겁먹지 마라……. 그쪽이 안 오겠다면 이쪽이 간다!"

"으……!"

검정 괴한이 나이프를 겨누며 닥쳐오는 카임을 맞받아치려고 했다.

하지만…… 카임은 밀려오는 시퍼런 칼날을 무시하고서 오른손을 크게 휘둘렀다.

"흥!"

""""끄악?!""""

검정 괴한 셋이 동시에 비명을 질렀다. 마지막에 난 비명까지도 연계가 완벽해서 이구동성이었다.

카임의 일격이 검정 괴한 중 세 명의 몸통을 한꺼번에 찢어발겨 그들의 몸을 둘로 쪼갰다.

"""…………?!"""

남아 있던 두 검정 괴한에게서 경악의 감정이 전해져왔다.

말이 없는 시체가 되어 지면에 쓰러진 세 사람의 몸은 예리한 날붙이로 절단된 것 같아서, 맨손인 카임이 어떻게 그들을 죽였는지 이해할 수 없었던 것이리라.

투귀신류·기본 형태――【청룡】.

압축한 마력을 극한까지 갈고닦음으로써 칼날 같은 성질을 만들어 내, '고주파 블레이드'처럼 변화시키는 기술이다. 마력의 흐름으로 잘게 진동시킨 칼날은 명공이 벼려낸 잘 드는 도검과 비교해도 손색이 없어서, 강철도 양단할 수 있는 것이다.

"덤으로…… 그 형태는 변환이 자유자재!"

"억……?!"

카임의 팔에 두른 압축 마력이 채찍처럼 뻗어서, 남은 검정 괴한 중 한 사람을 찔렀다. 심장을 꼬챙이처럼 꿰뚫린 남자가 동료의 시체 위에 쓰러졌다.

마력의 칼날은 카임의 의사에 따라 자유자재로 형태를 바꾸고, 길이를 바꿀 수도 있다. 길게, 복잡한 형태로 만들수록 강도나 위력이 약해지고 마는 것이 단점이지만…… 3미터 정도의 거리라면 충분히 살상 능력을 유지할 수 있다.

"으……!"

네 번째 검정 괴한이 당하자 마지막 검정 괴한은 퇴각을 선택했다.

그는 원숭이 곡예 같은 움직임으로 건물 지붕에 올라 그대로 어딘가로 달아나려고 했다.

“【기린】.”
“으……!”
하지만…… 카임이 내지른 마력의 주먹이 도망치는 검정 괴한의 등에 명중했다.
몸체에 구멍이 난 검정 괴한은 사냥꾼의 활에 맞은 들새처럼 추락해, 지면에 피 웅덩이가 퍼지고 움직이지 않게 되었다.
“투척 도구 다루기는 이쪽이 위였던 모양이로군? 그럼, 티 쪽은…….”
“이로써…… 마지막이에요, 어흐으으으으으응!”
“끄아아아아아아아아악?!”
등 뒤를 돌아보자 티가 검정 괴한의 목을 손톱으로 찢어발기고 있었다.
티와 싸웠던 검정 괴한은 세 명. 이미 두 명이 삼절곤으로 머리가 쪼개져 지면을 굴러다녔고, 마지막 한 명도 손톱으로 찢겨서 목숨을 잃었다.
세 사람을 상대하기는 버거우려나 걱정했는데, 티는 자기 힘만으로 승리했다.
“아무래도…… 나는 티의 전투 능력을 잘못 판단했던 모양이로군. 강하잖아.”
저택의 병사와 훈련하던 모습은 보았으니, 자기 몸을 지킬 정도의 무술을 익혔다는 사실은 알았다.
하지만 프로 살인 청부업자처럼 보이는 세 사람을 동시에 상대해 상처 없이 승리한 것은 놀랍다.

"하지만…… 살짝 마무리가 허술하군."

"어흥?!"

어둠에서 가느다란 칼이 날아왔다. 아무것도 하지 않으면 티에게 명중했을 그것을, 카임은 손바닥으로 움켜쥐어 받아냈다.

"음……?"

손에 느껴지는 끈적한 감촉. 보아하니 살짝 손바닥이 찢어져서 피가 나오고 있었다.

제 실력을 낸 것은 아니라고 해도 압축 마력을 두른 카임의 피부를 베어 찢다니 상당히 날카로운 나이프였던 모양이다.

"크크크……, 이로써 네놈의 목숨은 끝장이다."

"…………너는 누구냐?"

꺼림칙한 웃음소리를 흘리면서 새로이 수상한 자가 나타났다.

허리가 구부정한 그 남자 또한 검정 일색이었다. 쓰러뜨린 여덟 명의 자객과 다른 것은 얼굴에 두건을 쓰지 않고 제대로 목소리도 내고 있다는 점이리라.

"내가 단련시킨 제자를 격퇴한 건 놀랍다만…… 여기까지인 모양이로구먼. 마지막에 방심했느냐."

허리가 구부정한 검정 괴한…… 대머리 노인이 유쾌하게 어깨를 들썩이며 웃었다.

"그 칼날에는 독을 발라놨다. 대륙 서방의 사막에 서식하는 코브라의 독이야. 희귀한 독이니까 제때 치료할 수는 없겠지. 너에게 원한은 없다만…… 고용주의 의향이니 그대로 죽어줘야겠어."

"카임 님? 티를 감싸다가……?!"

"그래, 됐으니까 물러서 있어……. 그나저나 다시 한번 묻겠는데 너는 어디 사는 누구냐?"

카임은 손을 내저으며 티를 물러나게 한 후, 눈앞에 있는 노인을 노려보았다.

대머리 노인은 히죽히죽 꺼림칙한 웃음을 띠면서 혀를 할짝 내밀었다.

"앞으로 죽을 사람에게 이름을 대 봤자 무슨 의미가 있나? 가능한 한 독으로 괴로움에 몸부림치며 괴로워하다 죽도록 해라. 그게 손수 돌보아 키운 제자를 죽인 벌이겠지."

"…………."

"왜 그러나? 독이 퍼져서 말도 못 하는 게냐? 허허허……, 유쾌하구먼. 우스꽝스럽구먼. 나는 네놈처럼 앞날이 창창한 젊은이가 죽어 가는 모습을 보는 걸 무척 좋아한다! 슬슬 독이 다리에도 퍼지기 시작했겠지? 곧 지면에 쓰러져서 일어설 수도 없게 되어……."

"【비독】."

"그대로 손가락 하나……, 흐갸악?!"

카임의 손가락에서 독의 탄환이 쏘아졌다. 안면에 탄환이 명중한 검정 일색의 노인이 털퍼덕 쓰러졌다.

짓눌린 개구리처럼 사지를 뻗은 노인은 움찔움찔 잘게 몸을 경련하며 일어설 기색이 없었다.

"무……, 무슨 일이 일어난 게지……?"

"지면에 쓰러진 것도, 일어설 수 없게 된 것도…… 바로 너야, 할아범. 목숨을 건 싸움 중에 재잘재잘 지껄이지 말라고."

"아니……, 네, 네놈……?! 어째서, 그 독을 받고서 움직이지……."

"나는 독이 안 통하는 체질이야. 그보다도…… 말해줘야겠어."

카임은 쓰러진 노인에게 다가가 뼈와 가죽뿐인 가느다란 팔을 발꿈치로 밟아 으깼다.

"끄악?!"

"우리를 죽이라고 고용주의 명령을 받았다던데……. 누구에게 의뢰받았는지 실토해라."

"그, 그건……!"

노인은 입을 다물었다. 거물인 척 등장한 것치고는 예상 밖으로 손쉽게 당한 검정 일색의 리더는 얼굴을 굳히며 시선을 굴렸다.

"마, 말 못 한다! 나도 프로니까! 뒷세계에서 살아가는 인간으로서, 고문을 받는다 해도 고용주의 정보는……."

"어, 그래. 그럼 별로 상관없어. 이 이상은 질문 안 해."

"입에 올리지는…………, 뭐?"

노인이 도마뱀처럼 지면에 납죽 엎드리면서 눈을 히번덕거렸다.

상대가 이렇게까지 선뜻 고문을 철회하자 이해가 따라가지 않은 모양이지만…… 물론 카임은 보내줄 생각으로 그런 말을 한 것이 아니다.

"얘기하고 싶다고, 얘기하게 해달라고 그쪽이 말해 올 때까지

기다리도록 하지. 그다지 시간이 걸리지는 않아."

"네, 네놈, 무슨 소리를……."

"너는 독에 꽤 해박한 모양인데…… '개미산'이라는 걸 알고 있나?"

카임은 노인의 동요를 무시하고서 담담한 기색으로 쓰러진 자객을 내려다보았다.

카임의 손가락에 무색투명한 액체가 방울져 있었다.

"이건 개미가 체내에서 생성하는 약물인데…… 강력한 개미산 중에는, 치사성보다 강렬한 통증을 특성으로 가진 게 있어. 밀림에 서식하는 개미에게 물려서 통증이 지독한 나머지 손발을 잘라냈다……라는 예도 있는 모양인데?"

카임은 '독의 여왕'에게서 얻은 지식을 끌어내면서 이야기했다.

그 억양 없는 설명에 격렬한 불안과 공포를 느끼며, 노인이 지면을 굴러가면서 버둥버둥 몸부림쳐 댔다.

"이, 이봐……, 설마?! 그만, 그만둬라!!"

"고용주에 대해서 얘기하고 싶어지면 말해줘. 그때까지 멋대로 계속할 테니까. 일단…… 발끝부터 시작할까?"

"히…………, 끄아아아아아아아아아아아아아아아아아악?!"

노인의 절규가 밤거리에 메아리쳤다.

거리 안에서 절규가 울림에도 불구하고, 부자연스러울 만큼 아무도 나타나지 않았지만……. 아무래도 검정 일색의 무리는 습격 전에 어떠한 방법으로 사람을 물렸던 모양이다.

그 때문에 노인은 누구의 도움도 얻지 못한 채 '개미의 독'을 계속 주입받게 되고 말아, 자신들의 소행을 진심으로 후회하게 되었다.

노인이 입을 연 것은 그로부터 10분 후였다.

카임은 무사히 검정 일색 집단의 고용주와 그들의 목적에 대한 정보를 얻는 데 성공했다.

검정 일색의 노인에게 심문을 마친 카임은 그대로 곧장 여관으로 향했다.

티와 같이 묵던 여관이 아니라 밀리시아와 렌카가 묵는 여관이다.

"밀리시아! 렌카!"

여관에 발을 들여서 방문을 열었지만…… 거기에 두 사람의 모습은 없었다.

방 안에는 가구가 쓰러져 있고, 두 사람의 물건이라 여겨지는 짐도 잔해로 바뀌어 굴러다니고 있었다.

싸운 것 같은 흔적이 남아있을 뿐, 거기에 있을 두 사람의 모습은 홀연히 사라졌다.

"칫……, 당했나!"

"카임 님……, 두 사람은 어디로 끌려가 버린 걸까요……?"

나중에 방으로 들어온 티가 불안스럽게 말했다.

티는 아직 두 사람과의 친분이 얕았지만, 그래도 여행 동료의 안부가 걱정되는 것이리라.

물론 두 사람의 신변을 걱정하는 것은 카임도 마찬가지다.

"아마도 두 사람이 끌려간 곳은 영주의 저택이겠지. 그 할아범이 했던 말이 맞다면 말이지만."

카임이 짜증스럽게 말을 내뱉었다.

카임은 검정 일색의 노인을 심문해서, 습격자가 이 마을의 영주에게 고용된 인간이라는 사실을 알게 되었다.

애당초 이번 습격에서 진정한 목적은 밀리시아였던 것이다.

카임이 상상했던 그대로지만…… 밀리시아는 고귀한 집안에서 태어난 영애이고, 특수한 사정을 품고 있었던 모양이다.

상세한 내용에 대해서는 검정 괴한도 듣지 못해서 심문해도 몰랐지만…… 영주가 밀리시아와 덤으로 호위인 렌카를 납치한 것은 거의 틀림없다.

'낮의 태도를 보아 밀리시아가 영주와 아는 사이라는 건 알았어. 하지만…… 그래도 그다지 경계하던 기색은 없었지. 곧바로 트러블이 생기지는 않으리라고 짐작했는데…… 생각이 안이했던 모양이군. 노숙을 하면서라도 바로 이 마을을 떠났어야 했어.'

밀리시아도 바로 마을을 나가자고 제안하지는 않았고, 여관을 나누게 된 것에 대해서 안전상의 이의는 나오지 않았다.

그래서 그렇게까지 긴급한 문제라고는 생각지 않았던 것이다. 하룻밤쯤은 별개 행동을 취해도 문제는 없으리라고 방심하고 말았다.

"나도 참 완전한 실수로군……. 이럴 바에야, 두 사람이 무슨 말을 하든지 곁에 있어야 했나."

"어흥……. 카임 님, 앞으로 어쩌실 셈인가요?"

"말 안 해도 알잖아? 영주의 저택에 쳐들어가서 두 사람을 구출한다!"

카임이 즉시 답했다.

결코 싸움을 좋아하는 것은 아니지만, 가까운 사람에게 손을 댔는데 꾹 참고 있을 생각은 없다.

최악의 경우, 이 도시 그 자체를 적으로 돌려서라도 밀리시아와 렌카를 구해낼 것이다. 이것은 카임의 마음속에서 이미 결정된 사항이었다.

'두 사람을 납치한 건, 틀림없이 영주로서도 겉으로 드러내고 싶지 않다는 뜻이겠지. 일부러 우리에게까지 살인 청부업자를 보낸 걸 보면, 밀리시아가 법을 어겨서 지명 수배당한 것도 아니야. 그렇기에 헌병에게 붙잡히게 하는 게 아니라, 어둠의 인간을 써서 입막음까지 하려고 든 거야.'

"어쨌거나…… 방해하는 놈은 모조리 쳐부수며 가자. 우선은 이 녀석이로군."

"으갸?!"

카임은 여관 복도에서 이쪽을 들여다보던 남자의 머리통을 붙잡고 벽에 내동댕이쳤다. 뒤이어 알이 깨지는 것 같은 소리가 울리고 남자의 머리 부분이 분쇄되었다.

그 남자는 얼핏 보아 일반인 같은 차림새를 하고 있었지만…… 영주가 보내온 자객, 혹은 감시역이 틀림없다.

"피 냄새를 다 못 숨겼어. 부주의했군."

"제, 길……."

가까스로 숨이 붙어 있던 남자가 괴로운 소리를 지르면서 털퍼덕 쓰러졌다.

카임은 쓰러진 남자의 생사조차 신경 쓰지 않고 재빠르게 여관에서 나갔다.

영주의 저택에 쳐들어가서 두 사람을 구출하기로 결정한 카임이었지만…… 그 전에 커다란 문제가 있었다.

"그런데…… 영주의 저택은 어디에 있지?"

중대한 문제다. 장소를 모르면 애당초 쳐들어갈 방도가 없었다.

"어흥……, 티가 냄새를 맡아서 추적할 테니 뒤따라오세요."

"……부탁한다."

카임은 계속 하나가 부족한 자신에게 한심함을 느끼면서, 티의 뒤를 따라 밤길을 걸어갔다.

○ ○ ○

영주의 저택은 마을 중앙에 있었다.

카임이 나고 자란 하르스베르크가의 저택보다도 훨씬 커다란 건물이었는데, 주위에는 높은 담장으로 둘러싸여 있었다. 같은 영주의 저택이라고는 여겨지지 않을 만큼 차이가 났다.

저택 입구에는 병사가 서 있고, 담장 바깥 둘레를 마찬가지로 병사가 순회하고 있었다. 엄중한 경비가 깔린 모양이었다.

"어흥, 밀리시아 씨 일행이 냄새는 저 저택 안으로 이어져 있어요. 틀림없어요."

"즉……, 저기에 두 사람이 붙잡혀 있는 건가. 맨 처음 문제는 문 앞에 있는 헌병이로군."

최종적으로 침입이 들킨다 해도, 소란은 나중에 일어나는 것이 좋다.

지금은 밀리시아와 렌카가 어떤 상태인지도 모른다. 상황에 따라서는 다쳐서 움직이지 못하는 두 사람을 안고서 도망쳐야 하게 될 것이다.

'큰 소란으로 번지기 전에 탈출하고 싶어……. 뭐, 침입만 하는 거라면 문제는 없겠지.'

"티, 내 몸을 붙잡아."

"알겠어요!"

티는 카임의 말대로 몸에 꽉 매달렸다.

카임은 허리를 숙이고 다리에 힘을 실어 크게 도약했다.

"투귀신류——【주작】."

카임은 압축한 마력으로 공중에 발판을 만들어, 휙휙 중력을 무시한 움직임으로 담장을 넘어갔다.

"아!"

"켁……."

담장을 넘어서 정원에 착지하자…… 때마침 정원을 순회하던 병사와 맞닥뜨렸다.

병사는 위에서 내려온 침입자를 보고 소리를 지르려고 했지만, 그보다 먼저 카임의 손가락에서 독의 탄환이 쏘아졌다.

"【비독】."

"으윽……………………………………으으, 쿠울, 쿠울."

남자가 지면에 쓰러져서 고른 숨소리를 내기 시작했다.

치사성 있는 독물이 아니라 수면약을 쓴 이유는 명백한 악당인 살인 청부업자가 아닌 헌병이 영주의 악행에 가담하고 있다고 단정 지을 수는 없기 때문이다. 그리고 피 냄새를 풍기는 것을 막기 위해서이다.

"그렇다고는 해도…… 나는 약한 독을 다루는 게 익숙지 않아. 그대로 영원히 잠들어 버리게 된다면 미안하군. 용서해 줘."

카임은 가벼운 사죄의 말을 남기고 정원을 걸어서 저택 거물로 다가갔다. 카임에게 매달려서 침입한 티도 함께였다.

야간이라서 저택 창문은 닫혀 있고 자물쇠도 걸려 있다. 카임은 부숴서 비틀어 열지 고민했지만…… 조금 떨어진 곳에서 티가 손짓했다.

"카임 님, 이쪽이에요. 이쪽 창문이 열려있어요."

"오, 잘했어."

카임과 티는 우연히 잠겨 있지 않았던 창문으로 침입했다.

티가 침입할 때 커다란 가슴이 창틀에 걸릴 뻔했지만…… 어쨌거나 무사히 건물 안으로 잠입하는 데 성공했다.

어두운 방에는 아무도 없었다. 객실 같아 보이는 그곳에는 가구 세트가 놓여 있고, 복도로 이어지리라 여겨지는 문이 있었다.

"문제는 두 사람이 어디에 있느냐인데…… 기본을 충실히 따른다면, 지하감옥 같은 데 갇혀 있으려나?"

"어흥, 냄새가 남아있으면 알아요. 일단 한번 둘러봐요."

카임과 티가 문을 열자, 같은 간격으로 불빛이 켜진 복도에 사람의 모습은 없었다.

"카임 님, 이쪽. 이쪽에서 냄새가 나요!"

"오, 발견한 건가?"

"어흥, 틀림없어요! 이 발정기에 들어선 개 같은 냄새는 렌카 씨가 틀림없어요!"

"발정이라니……."

카임은 "이거 봐……"라고 중얼거리며 어이없어했다.

두 사람과 친밀한 관계가 아니라는 사실은 알지만, 그 비유는 좀 아니지 않나.

입이 험한 메이드를 시선으로 타박하려 했지만…… 티의 표정은 진지함 그 자체. 장난치는 분위기는 아니었다.

"어흐으으응……, 정말로 발정하고 있어요. 빨리 상태를 보러 가는 편이 좋겠어요!"

"……알았어."

수인 같은 초인적인 직감은 없지만, 카임에게도 불길한 예감이 들기 시작했다.

티의 안내에 따라서 앞으로 나아가자, 거기에는 아래로 통하는 계단이 있었다. 정말로 지하실이 있는 모양이다.

발소리를 울리지 않게끔 주의해서 계단을 내려가자…… 지하에서 야비한 목소리가 울려 왔다.

"핫핫핫! 보라고, 이 계집! 상당히 좋은 몸매를 가지고 있군!"

"새침한 얼굴을 하고서 꼴사나워! 햐하하하하하하하하핫!"

"큭……, 죽여라……."

남성들의 목소리에 섞여서 들려오는 음성은 분함으로 가득 찬 여자의 목소리. 찾던 사람 중 하나인 렌카의 목소리였다.

"…………!"

카임이 벽에 몸을 숨기고서 복도를 엿보니, 거기는 지하감옥이었다.

횃불의 불빛에 비쳐서 금속 창살로 뒤덮인 감옥과 감옥 앞에서 소란을 부리는 이인조 남자의 모습이 보였다.

눈에 힘을 주고서 쇠창살 안쪽까지 꿰뚫어 보자…… 거기에는 한 여성이 갇혀 있었다. 아니나 다를까, 영주에 의해 납치되어 끌려온 찾던 사람 중 한쪽── 렌카였다.

렌카는 실오라기 하나 걸치지 않은 전라의 모습으로 갇혀 있었는데, 감옥 안에서 주저앉아서 분하게 표정을 일그러뜨리고 있었다.

"아앗……, 나는 또 이런 굴욕을……! 으응……, 죽여라, 이제 죽여줘……!"

렌카는 바들바들 작은 동물처럼 떨면서 양팔로 자신의 몸을 끌어안았다.

몸에 두드러지는 외상은 없었다. 옷이 벗겨지기는 했지만, 난폭한 짓을 당하지도 않은 모양이다.

피부를 붉은색으로 물들이며 분하게 표정을 일그러뜨리는 렌카는 일핏 보면 감옥에 사로잡혀서 겁먹고 있는 것처럼 보이기도 한다. 하지만…… 자세히 보니 렌카의 얼굴에는 '겁'이나 '공포' 이외의 감정이 보였다.

그 감정은…… '정욕'. 렌카는 감옥에 붙들려 알몸이 되었으면서, 어딘가 교태를 부리는 암컷의 얼굴을 하고 있었던 것이다.

"이거 봐……, 진짜냐."

카임은 몸을 숨기면서 얼굴을 굳혔다.

티가 '발정기에 들어선 개'라고 칭했던 것은 이런 뜻이었나. 이 광경은 예상 밖이다.

'그때처럼 약을 먹였나……? 아니, 그렇지는 않겠지. 지금의 렌카에게서는 약물의 기운이 느껴지지는 않아.'

'독의 왕'인 카임이 약이나 독을 놓칠 리가 없었다. 내기해도 좋지만, 지금의 렌카는 미약 부류를 먹어서 발정하는 것이 아니다.

'설마 아니겠지만…… 적에게 붙잡혀서 알몸이 된 것에 흥분해서 발정했나? 아니, 변태도 아니고.'

카임의 인식으로는 렌카는 고지식한 성격의 여기사일 터인데…… 그런 인상도 흔들리고 말 모습이다.

감시인 같아 보이는 남자들의 시선을 받고서 잘게 경련하는 모습에서는 성실하고 우직한 여기사의 이미지가 완전히 사라졌다.

거기에 있는 것은 한 마리의 암컷. 그 이상도 그 이하도 아니었다.

"이거 봐! 이제 이 여자를 범해버리자! 이렇게 발정한 얼굴을 보여주면 못 참아!"

요염한 모습을 보이는 렌카를 상대로 마침내 견딜 수 없게 된 것이리라. 남자 중 한쪽이 앞으로 수그린 자세로 쇠창살에 매달렸다. 만약 양자를 가로막는 철벽이 없었더라면, 기세에 몸을 맡기고 덮쳐들었으리라.

"안 돼. 참아라. 이 암캐는 그 여자와의 거래 재료다. 영주님의 허가가 떨어질 때까지 손을 대서는 안 돼."

"그 여자라면…… 이 녀석의 일행이지? 영주 님이 직접 얘기하고 싶다고 하다니 정체가 뭐냐고."

"글쎄. 하지만…… 이 여자를 무사히 풀어준다는 조건으로, 영주님은 그 여자에게 자기 말을 듣게 할 셈인 모양이야. 이 녀석에게 손대는 건 교섭이 결렬되고 나서다."

"그렇다는 건…… 교섭이 무사히 정리되어 버리면 범할 수 없잖아! 젠장할, 감질난다고!"

남자가 속이 탔는지 쇠창살을 때렸다.

무척이나 흥미 깊은 이야기를 하고 있는데…… 이제 카임 쪽도 한계다.

'이 이상 동료를 구경거리로 만들 수도 없겠지. 본인이 도움을 바라는지 아닌지는 어쨌거나 말이야!'

카임은 바닥을 박차고 지하감옥 앞으로 뛰어나갔다.

남자들이 카임을 알아채고서 시선을 보냈지만, 그들이 소리를 지르기도 전에 먼저 선제공격을 걸었다.

"훗!"

바닥을 박차고, 감옥 벽을 걷어차서 도약했다. 그대로 기세에 몸을 맡겨 감시인 한쪽의 머리 부분을 걷어차서 깨부쉈다.

"억……?!"

"네, 네놈……."

"시끄러우니 닥쳐라."

"으억?!"

이어서 뻗은 손이 또 다른 감시인의 경부를 꿰뚫었다.

목을……, 그 안쪽에 있는 뇌간과 경골을 파괴당하자, 남자가 실이 끊어진 인형처럼 바닥에 쓰러졌다.

두 사람의 감시인을 무력화할 때까지 걸린 시간은 5초도 되지 않았다. 경이적으로 빠른 솜씨다.

"구해주러 왔어……. 그럴 필요가 있었는지는 모르겠지만."

"윽……, 네, 네놈은……."

렌카가 고개를 들고서 카임의 얼굴을 바라보았다. 젖은 눈동자가 카임을 포착한 순간, 그 눈에서 눈물이 뺨을 타고 흘렀다.

렌카의 단정한 생김새는 흐물흐물 다 녹아서, 아까 전보다도 정욕의 색이 강해진 것처럼 느껴졌다.

"아아……, 구하러 오긴 했는데, 역시 그럴 필요 없었던 건가?"

카임이 쇠창살 너머의 렌카를 보며 곤란한 듯이 머리를 긁적였다.

알몸으로 떠는 렌카였지만…… 그 얼굴은 발정한 동물처럼 정욕으로 가득 차 있었다.

명백히 남자들에게 시선을 받아 흥분한 것처럼 보이는데, 구하러 온 것은 쓸데없는 참견이었을까.

"……네놈 때문이다."

"어?"

"네놈 때문이다……. 네놈을 만나고 나서, 나는 점점 이상해지고 있어……!"

렌카는 자신의 몸을 양팔로 끌어안으면서 그런 말을 해왔다.

"나는 이런 행실이 나쁜 여자가 아니다. 그런데…… 네놈과 만나고 나서, 그 동굴에서 입맞춤을 당하고 나서…… 나는 이상해지고 말았다. 알몸이 되어 남자들에게 비웃음을 당하는데, 그게 기뻐서 참을 수 없어. 만약 바라보는 게 네놈이라면 얼마나 좋았을까……. 그런 식으로 바라고 마는 거다. 이것도 전부 다, 네놈 때문이다! 네놈과 만나지 않았더라면 나는 이렇게 되지 않았을 텐데……!"

렌카가 눈물을 흘리면서 하소연해 왔다.

그것은 고결할 여기사에게 피를 토하는 것 같은 고통을 수반하는 고백이었음이 틀림없다.

그녀는 틀림없이 청렴하고 성실한 기사였다.

하지만…… 그 동굴에서 도적 손에 미약을 먹게 되고, 더 나아가 카임이 체내에서 생성한 약물을 복용함으로써, 마음속 깊숙한 밑바닥에 숨겨져 있는 성벽을 발현하고 만 것이리라.

성실한 여기사일 렌카에게는…… 성실하게 자신을 잘 다스려 왔기에 깊은 곳에 억압되어 있던 욕망이 존재했던 것이다.

"너…… 동굴에서 있었던 일을 기억해 냈구나. 나에게 키스당한 것을. 해독을 위해서 약을 먹였던 것도."

"나에세 뭘 먹인 거냐……. 네가 그런 짓을 하지 않았더라면, 나는 이상적인 나 자신으로 있을 수 있었을 텐데. 강하고, 고결한 기사로 있을 수 있었을 텐데……!"

"……그건 억지로군. 불만이 있다면 죽은 도적들에게 말해줘."

카임은 렌카를 동정하면서도 어깨를 으쓱였다.

확실히 카임은 렌카에게 약을 먹였다. 하지만 그것은 미독에 침식된 그녀들을 구하기 위해서였다. 설령 카임이 아무것도 하지 않았다면, 렌카도 밀리시아도 다 억누를 수 없는 쾌락에 미쳐버리고 말았을 것이다. 도적이 두 사람에게 먹인 것은 그 정도까지 강력한 독약이었으니까.

"그러니까…… 카임 님, 저기에 열쇠가 있어요."

카임의 뒤를 따라서 지하실로 내려온 티가 껄끄러운 표정으로 벽에 걸려 있는 열쇠를 손가락으로 가리켰다.

티는 렌카와는 눈을 마주치려고 들지도 않았다. 발정한 여기사의 고백을 듣고 말아서, 아무것도 하지 않았는데 나쁜 짓을 하고 만 것 같은 표정을 짓고 있었다.

"……일단, 서둘러 감옥에서 나가자. 밀리시아도 구해야만 하니까. 시간이 아까워."

카임은 벽에 걸려 있던 열쇠를 써서 감옥 문을 열었다.

주저앉아서 눈물을 흘리는 렌카에게 손을 내밀자…… 렌카가 카임의 팔을 잡아당겨 그대로 입맞춤했다.

"으읍?!"

"으응……. 책임을 져라, 책임을 지고…… 나를 유린해라……!"

"…………."

다 억누르지 못한 애정에 눈동자를 불태우며 렌카가 호소해왔다.

카임은 도움을 요청하듯이 티 쪽을 보았지만…… 호인 메이드는 몸을 튕기듯이 카임에게서 시선을 돌렸다.

"저기…… 티는 아무것도 안 봤어요! 아무것도 몰라요!"

"배신자……."
"빠, 빨리 나를 넘어뜨려라! 나를 엉망진창으로 만들어라!"
"바보구나, 너. 아니……, 진짜 바보야."
카임은 기가 막혀서 표정을 일그러뜨리며 힘으로 렌카를 떼어냈다.
"아앗……."
"상황을 생각해라, 음란한 바보 여자 같으니라고. 네 소중한 아가씨를 구출하는 게 먼저잖아! 밀리시아를 구하고서 안전한 곳으로 탈출할 때까지, 기다려라, 기다려! 스테이!"
"기다리라니, 그건 그것대로 개 같아서 기쁠지도 몰라………, 멍."
"…………."
이 여자는 이제 구제할 길이 없는지도 모른다.
카임은 '앉아'를 들은 개 같은 자세로 올려다보는 렌카의 모습을 보고서 그런 생각을 했다.

카임 일행은 렌카에게 아이템 백에서 꺼낸 외투를 입히고 지하감옥에서 탈출했다.
다행히 단시간에 감시인을 처리해서 침입은 아직 들키지 않았다. 애당초 들키는 것도 시간문제겠지만.
"조만간 감시인이 당했다는 사실을 깨닫겠지. 그때까지 밀리시아를 구출한다."
"아, 아가씨는 영주에게 끌려가셨다. 어딘가 다른 방에 계실 것 같은데…….”

알몸에 외투만 걸쳤을 뿐인 렌카가 그런 말을 해왔다.

아까 전까지 발정기에 들어선 암캐 같아졌던 렌카였지만, 옷을 입음으로써 일단은 차분함을 되찾았다.

알몸을 내보여서 흥분해 버린 시점에 여기사로서 치명적이라는 기분이 들지만…… 일단 카임은 그 점에 대해서 태클 걸지는 않기로 했다.

“영주가 어째서 밀리시아를 납치했는지는 모르겠지만…… 할 일은 변함없어. 밀리시아는 구하고 방해꾼은 쳐부순다.”

“카임 님, 위층에서 밀리시아 씨의 냄새가 나요!”

“좋아, 잘했구나!”

카임은 소매를 잡아당기는 티에게 고개를 끄덕이며 위층으로 통하는 계단을 올라갔다.

가능한 한 소리를 내지 않게끔 2층에 올라가자, 거기에는 긴 복도가 뻗어 있고 몇 개의 방이 늘어져 있었다.

방문은 어느 것이나 비슷했지만…… 그중 하나 앞에 덩치 큰 체격의 남자가 서 있었다.

그야말로 힘이 세 보이는 덩치 큰 남자는 스킨헤드를 하고, 팔이나 머리 부분에 문신을 새겨 넣었다. 마치 무법자처럼 질이 나쁘다. 마을 관리자가 있는 곳인 영주 저택에서 일한다고는 여겨지지 않는 풍채다.

“뭐…… 어떤 상대든지 할 일은 변하지 않지만.”

카임은 복도에 뛰쳐나가기가 무섭게, 스킨헤드의 덩치 큰 남자에게 손가락을 겨눴다.

"【비독】."

"아니……?!"

갑자기 2층에 나타난 카임을 보고 스킨헤드의 덩치 큰 남자가 눈을 부릅떴다.

남자를 향해서 똑바로 독의 탄환을 쏘았지만…… 덩치 큰 남자가 순간적으로 머리 부분을 돌리며 기습 공격을 피했다.

"나쁘지 않은 반응이야. 주위에 널린 피라미하고는 다른 것 같지만…… 그게 다로군."

독을 쏜 다음 순간에 카임은 움직이기 시작했다.

마력으로 신체 능력을 강화해서 복도를 단숨에 달려나갔다.

"누구냐, 네놈은?! 침입자인가……!"

"모른다, 꺼져라."

카임은 압축한 마력을 몸에 두르고서 발차기를 내질렀다. 채찍처럼 날카로운 발차기 공격이 덩치 큰 남자의 몸에 꽂혀서 그 거구를 날려버렸다.

덩치 큰 남자는 문을 부수고 방 안으로 굴러 들어갔다. 방 안에는 테이블을 사이에 두고서 두 사람이 있었는데, 갑작스럽게 생긴 일에 눈을 크게 뜨고서 놀라고 있었다.

"뭐……, 뭘 하는 거냐, 네놈은?!"

"카임 씨!"

거기에 있었던 이는 저택 주인인 영주. 그리고 희색을 띠며 환한 목소리를 내는 밀리시아였다.

"미안하군, 오래 기다렸지."

"아니요, 괜찮아요! 반드시 구하러 와주실 거라고 믿고 있었어요!"

카임이 부순 문을 통해 방 안으로 들어가자, 의자에서 일어선 밀리시아가 달려왔다.

밀리시아에게 다친 곳은 없었다. 지하감옥에 갇혀 있었던 렌카처럼 옷을 벗겨지지도 않았다. 아무래도 정중히 대해줬던 모양이다.

눈물지으며 재회를 기뻐하는 밀리시아에게, 카임의 뒤에서 렌카가 나와서 달려들었다.

"아가씨! 무사해서 다행입니다……!"

"렌카, 당신도 도움을 받았군요. 아아, 세상에 이런 일이……! 이런 망측한 모습이 되어 버리다니……!"

알몸 위에 외투만 걸쳤을 뿐인 렌카의 모습을 보고서, 밀리시아가 안타깝게 표정을 찡그렸다.

실제로는 감옥 안에서 발정했었고 그다지 심한 꼴을 당하지는 않았지만…… 그것은 덮어두는 편이 나으리라.

"설마…… 침입자라고?! 그놈들, 처리 못 한 건가……!"

방 안에 있는 영주가 어금니를 깨물며 신음했다. 그는 황급히 일어서서 소리를 지르며 도움을 요청하려고 했다.

"그렇게 놔두겠냐!"

카임은 영주가 소리를 지르기도 전에 독의 탄환을 쏘았다.

하지만 영주 앞에 스킨헤드의 덩치 큰 남자가 막아서서 사선을 가렸다.

"빌어먹을 침입자가! 이 이상, 멋대로 하게 내버려 둘 것 같으냐!"

"음……!"

덩치 큰 남자의 손이 독의 탄환을 쳐서 떨어뜨렸다.

독에 닿고 말았으니 그냥 넘어가지는 않겠지만…… 겉옷 소매가 타서 문드러지고 그 아래에서 드러난 것은 금속제 인공물로 된 팔이었다.

"의수인가……!"

"칫……, 이 녀석이 없었더라면 팔이 녹아버렸을 거라고!! 손가락에서 맹독을 쏘다니…… 네놈은 정말로 인간이냐?!"

"누가, 누가 없느냐?! 내 저택에 도둑이 침입했다고!"

덩치 큰 남자에게 보호받은 영주가 외쳤다. 저택 안이 순식간에 소란스러워지고, 아래층에서 탁탁 인간이 뛰어다니는 소리가 들려왔다.

"카임 님! 아래에서 병사가 올라오고 있어요!"

"곤란하군……, 도망칠 곳이 없다고!!"

티와 렌카가 복도에 고개를 내밀고서 안절부절못했다.

아무래도 아래층에 있던 병사가 2층으로 올라오고 있는 모양이었다.

"다수에 소수인가……. 목숨을 건진 모양이구나. 밀리시아에게 난폭한 짓을 했더라면 온건하게 끝낼 생각은 없었다고."

엄밀히 따지자면 렌카는 난폭한 짓을 당한 것 같지만…… 본인의 문제가 큰 느낌이 들어서 그 점은 건드리지 않기로 했다.

"도망칠 수 있으리라 생각하는 거냐아?! 이 저택에는 백 명 이상의 병사가 있다. 소란을 듣고서 마을 헌병도 달려오겠지!"

대답하는 이는 영주가 아니라, 주인을 감싸고 막아선 의수를 단 덩치 큰 남자였다. 카임은 냉소를 지으면서 방의 벽에 왼손을 댔다.

"고작 백 명. 나를 죽이고 싶다면 한 자릿수는 부족하군. 그렇다고는 해도…… 이번엔 물러서 줄 테니 감사해도 좋아."

"뭐……?!"

카임이 힘을 싣자…… 손을 댔던 벽이 산산이 부서졌다.

바깥 풍경이 드러나서 어두운 밤에 닫힌 거리가 원형으로 도려내져 보였다.

투귀신류·기본 형태——【응룡】.

발경을 이용해 제로 거리에서 충격을 때려 넣는 기술. 사정거리가 짧기는 하지만, 기본 형태에 속하는 기술 중에서는 가장 파괴력이 뛰어나다.

"빼앗긴 걸 되찾았으니, 이제 여기에 용건은 없으니까."

"칫……!"

"그쪽이야말로 방해하지 않아도 되는 거냐? 우린 도망친다고?"

"……네놈들을 붙잡는 건 내 일이 아니다. 꺼져라."

스킨헤드의 덩치 큰 남자가 말을 내뱉고는 냉큼 사라지라는 듯이 턱을 치켜올렸다. 그 등 뒤에서 황급한 기색으로 영주가 언성을 높였다.

"자, 잠깐만. 기다리지 못하겠느냐! 나는 허락 안 한다! 그쪽 아가씨……, 밀리시아 **전하**만이라도 도로 빼앗는 거다!"

"그렇게 말해도, 영주님. 내가 움직이면, 댁은 바로 죽어버릴 텐데?"

덩치 큰 남자가 벽이 되어 막아섰기에 영주는 무사할 수 있지만…… 섣부르게 움직이면 카임 일행이 무방비해진 영주를 습격하리라.

영주 혼자서는 카임은 물론, 티나 렌카조차 이길 수 없기에.

"크, 크으으으윽……."

"자, 가자! 내 몸을 붙잡아!"

"알겠어요!"

"아아, 선수를 빼앗겼어요!"

"…………."

티가 곧장 카임에게 뛰어들었고, 뒤이어 밀리시아와 렌카도 매달려 왔다.

병사의 발소리가 바로 코앞까지 다가왔지만…… 그들이 방에 뛰어들기도 전에, 카임은 창틀에 발을 얹고서 밤하늘을 향해 내달렸다.

"영주님! 무사하십니까?!"

이변을 전해 듣고서 병사 여러 명이 방 안으로 밀려들어 왔다.

선두에 선 병사가 주군의 안부를 확인했지만, 영주는 그것을 무시하고서 벽에 뚫린 구멍으로 달려갔다.

"아아……, 놓쳐버렸잖아!"

카임 일행이 창에서 뛰어나가, 그대로 어두운 밤 속으로 사라졌다. 이미 그 모습은 어디에도 없다.

영주는 분노한 나머지 안면을 새빨갛게 물들이며, 호위인 덩치 큰 남자에게 호통을 쳤다.

"이……, 네놈이 칠칠치 못해서 '그분'이 도망쳐 버렸잖느냐! 그분을 아군으로 만들 수 있다면 내 지위를 크게 높일 수 있었을 텐데…… 이 멍청한 놈! 무능한 놈 같으니라고!"

"……예이예이, 제가 잘못했습니다."

스킨헤드의 덩치 큰 남자가 다그치는 고용주에게 질린 듯이 어깨를 으쓱였다. 그는 의수로 털이 없는 머리를 긁으면서, 지금 막 방에 뛰어 들어온 병사에게 눈길을 보냈다.

"그보다도…… 놈들을 쫓아가지 않아도 되겠습니까? 병사들에게 지시를 내려드릴까요?"

"그랬었지……. 이봐, 너희들! 빨리 침입자를 쫓아라! 남자는 죽여도 상관없지만, 여자는 상처 없이 붙잡아라!"

"네! 알겠습니다!"

영주의 지시를 받고서 병사들이 황급한 기색으로 방에서 나갔다. 또다시 방에는 영주와 덩치 큰 남자만이 남겨졌다.

"네놈도 빨리 가지 못하겠느냐! 이 식충이 놈!"

"……별로 상관없지만, 나까지 나가면 영주님을 지킬 인간이 없어지고 마는뎁쇼?"

"흥! 수상한 자는 이미 도망쳐 버렸다. 이제 와서 도움도 되지 않는 호위를 곁에 둬서 무슨 의미가 있나!"

영주는 욕지거리를 하면서 쾅쾅 소리를 울리며 발을 굴렀다.

'간신히 행운이 찾아온 줄 알았는데……. 이웃 나라가 소속했던 배를 없애서 교역을 좌지우지하고, 덤으로 '그분'까지 수중에 넣을 수 있는 기회였는데……!'

분하다는 듯이 어금니를 바득바득 가는 영주. 실은 이 남자가 바로 공적을 불러들여서 배를 습격하게 만든 장본인이다.

이웃 나라── 제이드 왕국이 보유한 배에 공적을 보내 침몰시킨다. 이웃 나라가 교역선을 잃어버리면, 배를 보유한 포레의 영주가 물류를 장악할 수 있다. 여태까지보다 더 큰 이익을 손에 넣어, 사익을 채운다는 것이 영주의 계획이었다.

침몰한 정기선에 밀리시아가 타고 있었던 것은 우연이다. 항구에서 우연히 밀리시아의 모습을 목격한 영주는 그녀를 수중에 넣어서 더욱더 비약하기 위해 이용할 생각이었다.

"잘되면 이 몸의 아내로 삼아주려고 했는데…… 설마 도망쳐버릴 줄이야!"

"아니, 그건 무리겠지. 댁과 그분은 연령도 외모도 차이가 너무 나."

"아직 있었던 거냐?! 냉큼 놈들을 붙잡아서……, 으음?"

영주는 계속 방에서 나가려 하지 않는 스킨헤드의 덩치 큰 남자에게 호통을 치려 했지만, 갑자기 수상쩍다는 듯이 미간을 찌푸렸다. 어느샌가 방에 검은 머리카락의 여성 사용인이 들어와서, 덩치 큰 남자 곁에 서 있었기 때문이다.

"이봐, 메이드를 부른 기억은 없다. 왜 여기에……."

영주는 마지막까지 말을 이을 수 없었다. 덩치 큰 남자가 팔을 휘둘러 영주의 목을 의수로 찔렀으니까.

"억……?!"

"죄송합니다, 고용주님."

"네, 놈……."

영주가 통증이 심한 나머지 바닥에 몸을 웅크렸다. 호흡이 막혀 숨을 쉴 수 없어서, 목소리를 낼 수도 없었다.

"아무래도 댁의 역할은 끝난 거 같거든요, 여기에서 죽어줘야겠습니다."

"뭐……가……."

"댁은 잘 해줬어요. 이웃 나라 배를 태워서 양국의 우호 관계에 금이 가게 하고, 국경을 불안정하게 만들어줬지. 이대로 댁이 죽어준다면 훨씬 더 좋아. 이웃 나라와의 관계가 긴박해져서 '카오스'가 생겨나……. 우리 주인이 기대한 대로 말이야."

"주, 인……?"

영주가 바닥에서 몸부림치면서 덩치 큰 남자를 올려다보았다. 그 옆에 있는 검은 머리카락의 메이드가 눈살을 찌푸리며 덩치 큰 남자의 옆구리를 찔렀다.

"수다가 지나쳐요. 빨리 일을 하세요."

"예이예이……."

덩치 큰 남자가 어깨를 으쓱이며 의수를 치켜들었다.

"값싼 급료로 부려 먹어줘서 감사합니다. 냄새나는 밥, 잘 먹었습니다!"

"그만……!"

영주가 제지의 말을 쥐어 짜내려고 했지만, 덩치 큰 남자가 의수를 아래로 휘둘렀다.

영주의 머리 부분이 금속제 의수에 의해서 푹석 파괴되어 혈액과 뇌수가 바닥에 퍼졌다.

"자……, 임무 완료. 그럼 물러갈까요."

"네, 가요."

덩치 큰 남자와 검은 머리카락의 메이드는 혼란을 틈타 저택에서 나갔다.

그들의 정체가 무엇이었는지. 어떤 의도로 움직였는지.

그것은 영주는 물론이고, 저택에서 도망치는 카임 일행도 알 방도가 없는 일이다.

○ ○ ○

"여기까지 오면 일단 안심……해도 되겠지? 아마도?"

"……네, 괜찮을 거예요."

"어흥, 추격자의 기척은 없어요."

"그런가……. 그렇다면 문제는 없겠군."

밀리시아와 렌카의 대답을 듣고서, 카임은 안고 있던 세 사람의 몸을 내려놓았다.

영주의 저택에서 무사히 도망친 카임 일행은 포레 마을에서 나가 근처 숲에 몸을 숨겼다.

사실은 좀 더 거리를 벌리고 싶은 참이었지만…… 여성이라고 해도 세 사람을 안은 상태에서 【주작】을 계속 쓰는 것은 카임의 역량을 가지고도 극히 어려웠다.

다행히 울창하게 우거진 나무들이 네 사람을 뒤덮어서 추격자의 눈을 가려주었다. 설령 낮이라 해도 이 숲에서 사람을 찾기란 어렵다. 지금 같은 밤이라면 더더욱 그렇고.

"일단…… 여기에서 아침이 되기를 기다릴까. 매직 백은 가지고 왔어. 식료품이나 물 걱정은 필요 없어."

마을의 우두머리인 영주를 적으로 돌렸으니 이미 포레에는 돌아갈 수 없다. 노숙하게 되어 버렸지만 숲속에서 밤을 지새우는 것 말고 수단은 없었다.

카임은 가방에서 꺼내든 야영용 레저 시트를 지면에 깐 뒤, 다른 세 사람에게 그 위에 앉으라고 재촉했다. 그런 다음 중앙에 불빛을 밝힌 랜턴을 놓아두고 이야기를 꺼냈다.

"그래서…… 왜 납치당하게 됐는지, 사정을 말할 생각은 있나?"

"…………."

질문을 받은 이는 밀리시아였다.

금발의 영애는 입술을 깨물며 고개를 숙였고, 그 옆에 렌카가 걱정스럽게 바싹 붙어 있었다.

"딱히 얘기하고 싶지 않다면 억지로 말하라고는 안 해. 아직 보수를 받지는 않았지만, 나는 고용된 사람이야. 설령 아무것도 가르쳐주지 않는다 해도 너를 위해서 싸우겠지."

"…………."

"하지만…… 얘기해 줬을 때 할 수 있는 일도 있을 거야. 미리 사정을 알고 있으면 다음 습격도 막을 수 있을 테고, 앞으로도 어쩌면……."

"괜찮아요. 제대로 얘기할 테니까요."

카임의 말을 끊고 밀리시아가 입을 열었다.

"사실은 훨씬 전부터 얘기하고 싶었어요. 하지만…… 타이밍을 놓쳐 버려서, 그만 저도 모르게 미루고 말았어요. 카임 씨를 믿지 않은 건 아니에요. 오히려 카임 씨가 저에 대해서 알아줬으면 좋겠어요."

"…………."

"우선은 다시 자기소개를 하겠어요. 제 이름은 밀리시아 가넷이라고 합니다."

밀리시아는 가슴께에 손을 얹고서 그렇게 이름을 댔다.

"그런 건가……. 이해가 갔어."

"어흥……. 카임 님, 가넷이라면……."

"그래, 이 나라의……, 가넷 제국의 국명이지."

카임은 소매를 잡아당기는 티에게 대답하면서, 미간에 주름을 새기며 생각에 잠겼다.

'어렴풋이 그렇지 않을까 생각하긴 했지만…… 설마 예상 그대로였을 줄이야.'

밀리시아의 행동거지를 통해 못해도 고위 귀족, 고귀한 신분이라고 생각했다.

귀족이면서 가문 이름을 숨기고 있는 점, 수납 마법이 딸린 반지라는 국보급 매직 아이템을 가지고 있는 점……. 힌트는 여태까지 나와 있었던 것이다.

'결정타는…… 그 영주가 외쳤던 말이지.'

도망치려고 하는 카임 일행을 향해서, 영주는 명확히 외쳤다.

『그쪽 아가씨……, 밀리시아 전하만이라도 도로 빼앗는 거다!』

전하라는 경칭이 무엇을 의미하는지 모를 만큼 카임도 무지하지는 않다.

밀리시아는 황족. 가넷 제국의 황제와 피가 이어진 것이리라.

"네, 짐작하신 대로예요. 저는 가넷 제국 황제의 딸. 제1황녀에 해당합니다."

비밀을 밝힐 수 있어서인지 후련한 표정으로 밀리시아가 말했다.

숨기던 일을 밝히고서 어깨의 짐이 내려간 것일까……. 하지만 카임 쪽은 오히려 기분이 침울해졌다.

'이봐……, 난 황녀 전하를 안아 버렸다고.'

카임은 어쩔 수 없는 사정이 있었다고는 해도, 밀리시아를 미약 효과가 있는 독으로 발정시킨 것으로 모자라 안았다.

'황녀의 순결을 빼앗는 건 어느 정도로 무거운 죄지? 무기한 유폐……, 혹은 간단하게 사형이라든가?'

딱히 관청에 쫓기는 상황이 무서운 것은 아니다. 카임이라면 백이나 이백의 병사 따위는 문제가 되지 않으리라.

하지만…… 평온을 찾아서 제국으로 이주해 왔는데, 그 때문에 트러블의 소용돌이 속에 말려든다는 것은 참으로 납득이 가지 않는 일이다.

카임은 고개를 내저으며 울적한 기분을 떨쳐내고서 밀리시아에게 질문을 던졌다.

"……신분을 숨겼던 이유는 알았어. 제국 황녀라는 지위를 가볍게는 댈 수는 없겠지. 하지만…… 어째서 황녀가 제이드 왕국에 있었던 거지? 신분을 숨기고서, 적은 호위만을 데리고."

"그 이유를 설명하려면 우선은 제국 황실에서 일어나는 문제에 관해서 이야기해야만 해요. 지금으로부터 1년 전, 제 부왕——18대 황제이신 바르톨로메오 가넷이 병으로 쓰러져서 의식 불명 상태가 되었습니다."

"황제가 의식 불명이라니…… 엄청난 일이군."

"네, 다른 나라에 빈틈을 찔리지 않게끔 표면상으로는 덮어두었어요. 아버지의 병을 아는 건 황족과 상급 귀족, 일부 신뢰할 수 있는 신하뿐이에요."

밀리시아가 후련해 보이던 표정을 다시 어둡게 바꾸었다.

"다만…… 문제는 그 점이 아니에요. 황제가 병에 든 것을 계기로, 차기 황제의 자리를 둘러싸고서 후계자 다툼이 일어나고 만 거예요."

"후계자 다툼……."

"현 황제에게는 세 명의 비가 있는데, 각각 아이를 하나씩 낳았어요. 저와 두 오라버니입니다. 오라버니들은 아바마마가 병상에 드러누운 것을 기회 삼아, 차기 황제의 자리를 놓고서 수면 아래에서 싸움을 펼치고 있어요."

"어흥…… 그럼, 밀리시아 씨는 어째서, 이런 큰일이 일어난 와중에 이웃 나라에 간 건가요?"

티가 삼각 모양 짐승 귀를 쫑긋쫑긋 움직이면서 물었다. 그것은 다른 뜻이 없는 소박한 질문이었지만, 밀리시아는 입술을 깨물고서 괴로워 보이는 표정을 지었다.

"란스 오라버니……, 제2황자가 저를 도망 보내줬어요. 저는 정쟁에 말려들지 않도록, 계승 다툼에 이용당하지 않도록, 이웃 나라에 망명하게 된 거예요. 사실은 저도 나라를 위해서 황녀로서 할 수 있는 일을 하고 싶었지만……. 아뇨, 이건 변명이에요. 도망친 제 허울 좋은 기만이네요."

어두운 표정으로 고개를 숙였던 밀리시아였지만, 강한 의지가 담긴 눈빛으로 고개를 들었다.

"하지만…… 저는 결국, 제국으로 돌아왔어요. 망명하는 도중에 도적에게 습격당해, 우연히도 제국으로 가려고 하는 카임 씨를 만났어요. 그때, 저는 하늘의 계시를 느꼈어요. 제국으로 돌아가라는 계시를요. 황족으로서의 의무를 다하라는 신의 뜻을 느낀 거예요!"

"신의 뜻……이라. 그게 나라는 건 큰 착각 같은데."

카임은 '마왕급' 마물인 '독의 여왕'의 힘을 가지고 있다.

종파에 따라서는 다르겠지만…… 신의 적이라 불리어도 부정할 수 없는 처지다. 어딘가의 교회에 존재를 들키면 토벌대를 보내올 가능성도 있었다.

"독의 왕'인 내가 하늘의 계시라니, 배를 끌어안고 웃으며 구르고 싶은 기분이야……. 이 여행의 앞날이 걱정되기 시작하는 발언이로군.'

"……그럼, 마을 영주가 밀리시아를 납치한 것도 권력 다툼이 원인인가? 꽤 억지스럽게 집착하고 있었던 것처럼 보였는데?"

"포레 마을의 영주는 중립파라서 괜찮을 줄 알았는데…… 아무래도 제가 제이드 왕국으로 나갔던 사이에 아서 오라버니, 즉 제1황자 쪽으로 갈아탔나 봐요. 저를 붙잡아서 아서 오라버니께 넘기는 게 목적이었던 모양이네요. 저는 굳이 따지자면 란스 오라버니와 친했기에, 인질로라도 쓸 셈이었을지도 몰라요."

"으음, 그렇군……. 즉, 우리가 앞으로 취해야 할 행동은……."

"……미, 미안하다. 잠시 괜찮을까."

"응?"

이야기 도중에 렌카가 오른손을 들었다. 그때까지 조용히 입을 다물고 있었을 여기사가 바들바들 잘게 떠는 손으로 무언가를 주장해 왔다.

"왜 그러나요, 렌카? 그렇게 떨다니……. 설마 어딘가 몸 상태라도 나쁜 건가요?"

"아닙니다, 공주님……. 그런 게 아니라, 그런 건 아닙니다만……. 아아, 이제 참을 수 없어……!"

렌카가 눈물을 머금고 '꽉' 입술을 깨문다 싶더니, 갑자기 걸쳤던 외투를 벗어 던졌다.

"아니?!"

카임은 놀라서 몸을 뒤로 젖혔다.

감옥에 붙잡혀 있었을 때 옷을 벗겨져서, 렌카의 외투 아래는 실 한오라기 걸치지 않은 전라 상태다.

렌카는 숲속에서 갑자기 알몸이 되어 카임의 몸에 매달려 온 것이다.

"이제……, 이제, '기다려'는 한계다……! 부탁한다, 부탁이니까…… 나를 엉망진창으로 조련해다오!!"

렌카가 눈물을 흘리면서 그런 호소를 하며, 카임의 가슴팍에 탄력 있는 가슴을 밀어붙였다.

"잠깐……, 무슨 말을 하는 건가요, 렌카?!"

렌카의 갑작스러운 커밍아웃을 목격하고, 밀리시아가 기세 좋게 일어섰다.

신뢰하던 여기사이자 자신의 호위인 그녀가 남자에게 매달려서 "엉망진창으로 만들어다오"라는 음란한 말을 꺼냈으니 당연하리라.

"죄, 죄송합니다……, 공주님. 영주의 저택에 붙잡혀 있었을 적부터 계속 참아서, 이제 한계입니다……!"

렌카는 주인에게 사죄하더니, 눈물을 머금은 눈동자로 카인을 바라보며 호소했다.

"카임 경……, 부탁이니까 지금 당장이라도 나를 범해다오! 물건처럼, 노예처럼 난폭하게 다뤄줘! 나는 귀하에게 유린당하고 싶어서 참을 수 없다!"

"어……, 어엉……?!"

카임은 격렬하게 동요해서 쩔쩔맸다.

감옥에서 렌카를 구했을 때부터……. 아니, 처음 안았을 때부터 렌카가 특수한 성벽을 가지고 있다는 사실은 알았다. 알기는 했지만…… 진지한 이야기를 하는 와중에 조련을 요구해 올 줄은 역시나 예상하지 못했다.

카임은 모쪼록 마음을 진정시키고자 일단 렌카를 떼어놓으려 했다.

"어흥, 비겁해요! 티도 참았는데, 렌카 씨만 새치기하지 말아 줬으면 좋겠어요!"

하지만…… 그런 카임에게 추가타가 쏟아졌다. 알몸으로 밀어붙이는 렌카를 본 티가 대항심을 불태우며 옷을 벗기 시작한 것이었다.

은발의 호인 메이드가 시원스럽게 휙휙 옷을 벗었다. 그러고는 카임이 사준 지 얼마 안 된 붉은 속옷 차림이 되어 카임에게 꾹꾹 가까이 다가갔다.

"티도 잔뜩 안아주셨으면 좋겠어요! 오늘은 뒤에서 해 주셨으면 좋겠어요!"

"너도 무슨 소리를 하는 거야?! 상황을 생각해, 상황을!"

경천지동의 연속에 카임도 본격적으로 조바심을 냈다.

밀리시아가 황녀라는 사실이 판명되어 마을 영주에게 쫓기는 몸이 되고…… 숲에 잠복해서 추격자를 따돌리고 있는 와중인데, 왜 자신은 여성 두 사람의 공세를 받는 것일까.

카임은 도움을 청하고자 이 자리에 있는 마지막 사람인 밀리시아에게 눈길을 보냈지만…… 미모의 황녀는 벌떡 일어서서 바들바들 주먹을 떨고 있었다.

"둘 다…… 적당히 하세요!"

"마, 맞아! 밀리시아의 말대로다!"

"저도 카임 씨와 섹스를 하고 싶다고요!! 저만 따돌리다니 용서할 수 없어요!"

"아아, 그러냐! 어렴풋이 그렇게 되는 게 아닐까 싶었어!!"

카임은 머리를 싸쥐며 절망의 외침을 질렀다.

두 번 있는 일은 세 번도 있다는 말이 있듯이, 렌카와 티가 발정하기 시작할 때부터 이렇게 되지 않을까 생각했다.

"영주의 저택에서 구해주셨을 때부터 계속 가슴의 고동이 멈추지 않았어요. 반했어요……, 아니요, 또다시 반했다고 해야 할까요. 제가 해로해야 할 상대는 카임 씨라고 다시금 확신했어요!"

밀리시아는 "질 것 같으냐!"라는 양 입고 있던 드레스를 벗어 던지고 속옷 차림이 되었다. 밤의 숲에 눈부신 순백의 속옷 차림을 한 미녀가 출현했다.

그녀도 이미 카임에게 들이대던 두 사람에 섞여서 부드러운 팔다리와 몸을 밀어붙였다.

"자, 밀어서 넘어뜨려다오! 엉덩이를 때려주면 무척 기쁘겠다!"

"티가 잔뜩 봉사할게요. 일단…… 바지를 벗길까요."

"제국 황녀인 저를 이렇게나 야한 여자로 만들었으니, 물론 책임을 져 주시겠죠?"

"…………."

제각각 피부색을 많이 드러낸 세 여성이 다가왔다.

이렇게 되어 버리면 카임에게는 이미 저항할 수단은 없다. 그녀들이 바라는 대로 욕망의 파도에 몸을 맡길 수밖에.

'책임……이라. 아마, 이것도 내 독이 원인이겠지…….'

옹호하는 것은 아니지만…… 렌카와 티, 밀리시아도 본래는 이렇게 절조 없이 밀어붙이는 음란한 여자는 아닐 터. 그녀들이 상황을 잊고서 요구하는 이유는 틀림없이 '독의 왕'인 카임의 체액을 섭취해 왔기 때문이다.

파우스트가 설명했지만…… 카임의 체액에는 강한 최음 효과가 있다. 아마 의존성도.

세 사람은 제각각 체액을 섭취함으로써 카임의 노예가 되고, 더 나아가 궁지에서 구원받거나 밤의 데이트를 즐긴 일이 계기가 되어 체내에 남은 '독'이 자극받아 발정 상태가 되어 버린 것이 아닐까.

'이 녀석들은 이제 나에게서 떨어질 수 없어. 노리고 한 일은 아니지만…… 그래도 내가 한 짓에 책임을 져야만 하겠지.'

카임은 항복하듯이 한숨을 쉬고서 양손을 들었다.

이러쿵저러쿵 따져 봤자, 카임도 결국은 세 사람에게 호의를 품고 있는 것이다.

거리를 벌리고 '독'이 빠지기를 기다리면 매료가 풀릴지도 모르지만…… 이제 와서 세 사람을 버릴 생각은 할 수 없었다.

"나도 남자다! 마음을 굳게 먹고 전부 다 받아들여 줄 테니까, 한꺼번에 덤벼라!!"

카임은 짐승이 울부짖듯이 외치고는 겉옷을 벗기 시작했다.

나무들이 무성하게 난 숲속. 랜턴에서 번지는 오렌지색 불빛 아래에서, 한 남자와 세 여자가 알몸이 되어 있었다.

'몇 번인가 몸을 섞었지만…… 셋을 한꺼번에 상대하기는 처음이로군.'

눈앞에 있는 미녀·미소녀의 몸을 보고는, 카임은 감탄해서 한숨을 내쉬었다.

티, 밀리시아, 렌카……. 셋 다 체격이나 가슴 크기, 다리 길이 등은 다르기는 하지만, 모두 보기 드문 미모를 가졌다.

삼인 삼색으로 흐드러지게 핀 꽃은 미려하고 기막히게 아름답다. 남자라면 누구든지 탐하고 싶어질 만한 격렬한 색향을 뿜고 있다.

"그럼…… 처음은 렌카에게 양보하겠어요. 티 씨도 상관없죠?"

누구부터 안아야 할지 카임이 고민하고 있노라니…… 밀리시아가 그렇게 말을 꺼냈다.

"어, 제가 먼저 해도 될까요?!"

"네……. 왜냐하면 당신은 이제 한계잖아요?"

밀리시아가 자신의 호위 기사를 위로하듯이 미소 지었다.

셋 다 발정하는 모양이었지만 가장 심한 것은 렌카다. 감옥에 있었을 적부터 기다리라는 말을 들었으니까 특히 중증이다.

"어흥……, 별로 상관없어요. '빌려'드릴게요."

이미 가랑이 아래를 적신 렌카의 모습을 보고 티도 마지못해

동의했다.

"고맙다. 이 은혜는 잊지 않겠다……!"

두 사람의 '동서'에게 허가를 받고서, 렌카가 깜짝 선물을 받은 어린애처럼 표정을 빛냈다.

"카임 경, 그럼 잘 부탁한다……!"

렌카가 발정한 표정을 지은 채, 카임 앞에 머뭇머뭇 다가갔다.

이미 렌카는 전라가 되어 랜턴의 불빛 속에 남김없이 흰 피부가 드러나 있었다.

탄력 있는 커다란 가슴이, 복근으로 조여진 허리가, 그리고…… 머리카락과 같은 붉은빛을 띤 '성역'이 카임 앞에 내밀어졌다. 카임 말고는 만져 본 자가 없을 그곳은 이미 흠뻑 물기를 머금었다.

"뭐랄까……, 잘도 참았구나. 장하다."

카임은 부끄러움을 얼버무리기 위해 헛기침을 하면서, 계속 쾌락을 참았던 렌카에게 칭찬을 해 주기로 했다.

"애썼고 하니…… 가능한 한 그쪽 요망에 응해주지. 뭔가 내가 해줬으면 하는 게 있나?"

"내, 내 소원을 들어주는 건가……?"

"가능한 한……. 무리한 일은 무리라고."

"기뻐……. 그렇다면, 카임 경! 부티 이걸 써 주지 않겠나?!"

"이건……?"

렌카가 짐에서 꺼내든 물건을 보고서, 카임은 신기하다는 표정을 지었다.

눈앞에 나타난 것은 기다란 밧줄이었다. 대체 이것으로 무엇을 해달라고 말하는 것일까.

"이, 이걸로 내 몸을 묶어줘……. 가능한 한 강하게."

"…………뭐?"

렌카가 뺨을 새빨갛게 물들이며 해온 부탁을 듣고, 카임은 눈을 희번덕거렸다.

"저기…… 묶는다고? 이 밧줄로? 거기에 무슨 의미가 있는 거지?"

카임은 요전 날 동정을 막 졸업했다. 육체가 성인이기는 하지만 성적인 지식은 얕다. 카임의 머릿속에는 밧줄에 묶여서 기뻐하는 인간이 있다는 발상 그 자체가 존재하지 않았다.

"괘, 괜찮다……. 방식은 내가 알고 있어. 제대로 조사해 왔으니까, 내가 지시하는 대로 묶어다오……."

"…………그런가."

순서를 기다리는 티와 밀리시아에게 은근슬쩍 시선을 보내자, 둘 다 당황한 표정을 지으면서도 고개를 끄덕이며 고 사인을 보내왔다.

카임은 어쩔 수 없이 밧줄을 받아서 들었다. 그러고는 지시를 받으면서 익숙지 않은 손놀림으로 렌카의 팔다리와 몸을 묶어 나갔다.

"그, 그렇다……. 그거면 돼. 거기를 묶어서 뒤로 돌리고, 그런 다음 강하게 당겨서…… 캬흥!"

밧줄을 꽉 조이자 렌카의 입에서 개 울음소리 같은 교성이 흘렸다.

"으윽, 으아앗……."

"……이봐, 괜찮나? 들은 대로 세게 묶었는데, 아프지 않은 건가?"

"아, 아프다……. 하지만, 밧줄이 파고들어서 아픈 게 기분 좋아……."

렌카는 피부에 밧줄이 파고들자 감동한 듯이 표정을 풀었다.

평소에는 늠름한 여기사의 얼굴이 쾌락으로 녹아들어서 황홀하게 물들었다.

"으……."

'하얀 피부를 밧줄이 침략해서 붉게 물들이는 모습. 상대 여성을 자신의 소유물처럼 취급하는 감각……. 과연, 의외로 나쁘지 않을지도 모르겠군.'

카임의 시선이 자연스럽게 묶인 여체에 이끌렸다.

특히 눈길을 끄는 곳은 역시 풍만한 가슴이다. 부풀어 오른 곳 위아래를 밧줄이 지나가, 언덕을 조여서 강조한다. 흰 피부의 아름다움을 더럽히듯이 기어가는 폭력적인 밧줄의 모습을 보고, 카임은 도착적인 매력을 느꼈다.

렌카가 쾌락에 물드는 한편으로, 카임 쪽도 여성을 묶는 희열을 깨닫고 말았다.

피학증이 있는 변태 여기사 때문에 새로운 경지를 개발하고 말았다. 카임은 자신의 마음속에 일어난 변화에 당황하면서도 밧줄을 더욱더 강하게 조였다.

"으어엉……. 카임 경, 이제. 이제……."

"그래, 나도 알아."

탐욕스럽게 바라보는 눈동자에 응해서 카임은 손을 뻗었다. 그리고 밧줄에 의해 강조된 언덕을 강하게 움켜쥐었다.

밧줄로 강조된 가슴을 사양 없이 주물러대기 시작하고, 손가락의 감촉을 착실히 새겨 넣었다.

"아앙!"

새로운 자극을 받고서 렌카가 나신으로 새우처럼 몸을 둥글게 뒤로 젖혔다. 그 움직임으로 인해 밧줄이 당겨져서 피부가 자극받아, 한층 더 쾌락이 온몸으로 퍼져 나갔다.

"하앙, 크으윽, 후우우우웃……. 아아, 기분 좋아……. 큭, 죽여라……."

"그렇게 흠뻑 황홀해진 얼굴로 무슨 소리를 하는 거냐……. 정말로 밝히는 기사로군."

"으하아, 그렇게 깔보는 것도, 좋아……. 좀 더 심한 말을 해다오……."

"변태. 상스러운 암캐. 한심한 기사, 발정 허접녀. 정숙한 여기사의 껍질을 쓴 음란한 여자."

"으아아아아아아아아아아아아아앗!"

렌카가 한층 더 크게 울었다.

가슴을 만지작거리는 손바닥의 감촉. 온몸을 묶는 밧줄의 통증. 거기에 매도당하는 상황에 대한 정신적인 굴욕이 더해져서, 렌카는 순식간에 절정으로 올라갔다.

온몸을 격렬하게 경련시킨 렌카는 '푸슉' 하고 요사스러운 물소리를 내더니 그대로 맥없이 축 쓰러졌다.

묶여 있는 탓일까……. 엎드려서 쓰러진 렌카는 엉덩이를 위로 쳐든 자세로 힘이 빠져서, 밧줄로 꽉 조여진 팔다리와 몸이 카임 앞에 드러나 있었다.

"하아……, 하아……, 하아……."

"……이렇게까지 도발적인 자세를 해놓고서 그만두라는 말은 안 하겠지."

"히윽으으으으으으으으으으으으으으윽?!"

카임은 힘없이 흔들리는 엉덩이에서 밧줄을 옆으로 치운 뒤, 렌카의 하반신을 부둥켜안듯이 덮쳤다.

절정한 지 얼마 안 되는 참에 추가 공격을 받아, 렌카는 다시 절규했다.

"흐, 아……앗……."

반 시간 정도에 걸친 행위가 끝나고, 렌카가 완전히 땅에 가라앉았다.

카임은 온몸을 엉망진창으로 적신 렌카의 몸에서 밧줄을 풀고, 꽉 조였던 부드러운 피부를 해방해 주었다.

"후우……. 일단, 이쪽은 끝났군. 내 쪽도 만족이지만……."

"카임 님……."

"카임 씨……."

"……이쪽은 그렇게 안 되겠지. 알고 있었어."

구속 플레이라는 새로운 경지에 발을 내디딘 탓에 주위가 보이지 않게 되었지만, 여기에는 아직 두 사람이나 발정한 암컷이 남아있는 것이다.

티와 밀리시아가 눈동자에 하트 마크를 띠며 슬금슬금 다가왔다.

렌카와 벌이던 행위를 계속 보고 있었기 때문에 지극히 흥분해서, 이쪽도 발정이 한계에 다다른 모양이었다.

"……좋아, 각오는 다졌다."

렌카를 쓰러뜨린 만족감을 내려두고, 카임은 새로운 싸움 앞에서 기합을 다시 넣었다.

"와라, 둘 다 한꺼번에 놀아주마!"

카임이 외침과 동시에 티와 밀리시아가 덮쳐왔다.

아침 해가 뜨려면 아직 멀었고, 숲에서 지내는 밤은 이제 막 시작한 상황.

카임의 싸움은 이제부터 시작이다.

제4장 제도로 가는 길

짐승이 서로 잡아먹는 것 같은 격렬한 밤이 새고, 마침내 아침이 찾아왔다.

"카임 씨, 우리는 앞으로 제국 중앙에 있는 제도로 향하려고 하는데요……. 뭔가 의견은 있으신가요?"

"……없어. 멋대로 해라."

밀리시아의 제안을 듣고 카임은 적당한 기색으로 대답했다.

몸이 무겁다. 피곤이 남아있어서 머리가 어질어질한 것은 결코 익숙지 않은 야영이 원인은 아니리라.

'……거의 뜬눈으로 지새웠군. 실컷 요구해 오다니.'

아무리 카임이 투귀신류를 수행한 무예인이라고는 해도 한 사람의 남자일 뿐이다. 세 여성이 새벽이 가까워질 때까지 매달려 와서 완전히 수면 부족 상태가 되었다.

'가능하다면 낮이 다 돼갈 때까지 자고 싶지만…… 느긋하게 우는소리를 할 때가 아니겠지. 일찌감치 여기를 떠나야 해.'

포레 마을에서 영주와 한바탕 소동을 일으켰으니 카일 일행은 쫓기는 몸이 되었으리라. 곧바로 이 숲까지 추적의 손길이 뻗어오리라고는 생각하지 않지만, 일찌감치 여기를 떠나는 것보다 더 좋은 일은 없다.

카임 일행은 아침 해가 오름과 동시에 떠나기로 했다. 넓은 제국 어디에 적이 있을지는 모르겠지만, 그래도 앞으로 나아가야만 한다.

주인인 카임과 밀리시아가 쓰러진 나무줄기에 걸터앉아 있었고, 티와 렌카가 출발 전에 야영의 뒷정리를 하고 있었다.

"제도에는 아서 오라버니와 란스 오라버니가 있어요. 두 오라버니를 설득해서, 이 이상의 싸움이 일어나는 것을 막도록 해요!"

밀리시아는 그렇게 말하면서 카임의 팔에 달라붙어 아양을 떨며 기대왔다.

황녀인 밀리시아의 얼굴은 빛나는 것처럼 피부가 매끄러워서, 숲에서 야영한 것이 전혀 느껴지지 않을 만큼 수려한 미모였다.

"제도로 향하는 건 좋은데요……. 어떻게 해야 두 사람을 설득해서 계승 다툼을 막을 수 있나요?"

그렇게 물은 이는 메이드복을 입은 티였다.

티는 지면에 설치했던 텐트를 접으면서, 때때로 손에 든 육포를 씹고 있었다. 수인이라 고기를 좋아하는 티는 잘근잘근 고기를 깨물어 먹으면서 작업을 이어가고 있다.

"일단, 란스 오라버니와 얘기를 나눠보려고요. 아서 오라버니는 무척이나 호전적인 분이니까, 황제가 되어 버리면 적극적으로 다른 나라로 원정에 나설 우려가 있어요. 란스 오라버니라면 그런 일은 없을 거예요. 두 오라버니의 정면충돌을 막으면서, 최종적으로 란스 오라버니가 황위에 오르는 게 이상적이겠네요."

"그렇게 잘 풀릴 것 같지는 않아요. 대화로 풀 수 없으니까, 두 황자는 싸우는 게 아닌가요?"

"티의 말이 맞아. 솔직히…… 나도 피를 보지 않고서 끝나리라는 생각은 안 들어."

카임은 일찍이 친아버지나 여동생과 반목했었다.

핏줄이나 가족의 인연이 절대적이라는 믿음은 어설픈 환상에 지나지 않는다……. 그것은 스스로 몸소 뼈저리게 깨달았다.

“안 그래도 어머니가 다른 복잡한 남매잖아? 거기에 차기 황제의 자리라는 보물이 걸려 있는데, 멈춰 세울 수 있을 턱이 없지. 수면 아래에서 벌어지는 권력 다툼으로 끝나면 다행이야. 최악의 경우, 내란으로까지 발전할 수 있는 거 아닌가?”

“……저도 알아요. 두 사람을 막는 게 무척이나 어려우리라는 사실은요. 그래도 저는 제국 황녀로서 나서야만 해요.”

밀리시아는 카임의 쓴소리를 의연한 표정으로 받아들였다.

“내란이 일어나면, 상처 입고 마는 것은 죄 없는 백성이에요. 제국 국민끼리 서로 목숨을 빼앗는 무익한 일은 있어서는 안 돼요. 그것만큼은, 절대로 회피해야 해요…….”

“공주님…….”

각오를 이야기하는 주인의 모습을 보고, 렌카가 작업하던 손길을 멈추고 지극히 감격했는지 눈시울을 적셨다.

“이 여행을 통해서, 정말로 훌륭하게 성장하셨습니다. 공주님께서 각오를 정하셨다면, 이 렌카는 어디까지고 따라가겠습니다……!”

“렌카, 고마워요…….”

밀리시아와 렌카는 마주 보며 서로의 인연을 확인했다.

그런 두 사람을 곁눈질로 바라보면서…… 카임은 손으로 입가를 가리고 표정이 일그러질 뻔한 것을 참았다.

'참 좋은 말들이긴 한데…… 저 두 사람, 특히 렌카는 당장 최근에 터무니없는 추태를 보였지?'

밀리시아도 실컷 헐떡였지만…… 렌카는 밧줄로 온몸을 묶여서 기쁨 어린 소리를 질렀다.

어젯밤에 그만한 짓을 해놓고서, 두 사람은 아무 일도 없었다는 양 새침한 얼굴로 말을 나누고 있다. 그녀들이 지독히 우스꽝스럽게 보이고 마는 것은 카임의 마음이 사악하게 더러워졌기 때문일까?

"차라리 밀리시아 씨가 새로운 황제가 되면 돼요. 그러면 만사 해결이에요."

카임이 수수께끼의 충동을 견디고 있는 옆에서, 텐트를 다 정리한 티가 좋은 생각이라는 듯이 양손을 맞부딪쳤다.

"싸운 사람은 둘 다 응징이에요. 두 사람이 싸운다면, 그 틈에 밀리시아 씨가 황제의 자리를 빼앗아서, 오빠들을 혼내주는 거예요. 그러면 내란이 일어나는 일도 없을 테고, 둘 다 질릴 거예요."

"농담하시긴. 저는 황제를 맡을 수 없어요."

밀리시아가 자조하는 기미로 쓰게 웃었다.

"제국은 실력주의의 나라. 오라비인 황자를 밀어제치고 여제에 오른 예가 있기는 하지만…… 저는 어머니의 신분이 낮아서 뒷배도 약해요. 신전에서 일했던 적이 있어서 나름대로 백성의 지지는 받지만 그게 다니까요. 아서 오라버니와 란스 오라버니에게 이길 수 있는 요소는 없어요."

"유감이에요……. 밀리시아 씨가 황제가 되면, 카임 님이 제국의 정점에 군림할 수 있을 줄 알았는데."

"그걸 노렸냐……."

명확히 인정한 것은 아니지만, 카임은 몇 번이고 밀리시아와 몸을 섞어서 사실상 남편이라고 할 수 있으리라.

제국 황녀의 정조를 빼앗았으니 그에 걸맞은 책임을 져야만 한다. 밀리시아가 황제의 자리에 오른다면 반려가 된 카임은 제국의 지배자가 될 수 있으리라.

"나는 딱히 권력 같은 건 아무래도 좋은데……."

"티는 카임 님에게 어울리는 위치가 있다고 늘 생각했어요. 단순한 여행자로 끝낼 수는 없어요. 적어도 그 남자…… 하르스베르크 백작을 뛰어넘는 지위에 올라야 티의 마음이 후련해져요."

"음……."

아버지의 이름이 나오자 카임은 눈썹을 치켜올렸다.

딱히 권력이나 지위를 원하지는 않는다. 아버지는 이미 쓰러뜨렸고, 이제 와서 증오 따위는 남아있지 않다.

하지만…… 그래도 제이드 왕국의 귀족인 하르스베르크 백작을 뛰어넘는 지위를 손에 넣어서 권력자로서도 이긴다면 자못 속이 후련해 지리라.

"듣고 보니…… 나쁘지 않군. 관료로서도 그 남자보다 더 높은 위치에 선다면, 어쩌다 얼굴을 마주했을 때 우위에서 찍어 누를 수 있어. 그 녀석의 분해하는 모습이 눈에 선하군."

"맞아요! 카임 님은 본래대로라면, 하르스베르크 백작가를 잇게 될 분이셨는걸요! 최소한 백작 이상의 지위가 되어야 티의 마음이 풀려요!"

"왜 네가 그렇게 연연하는 건데……. 뭐, 다 날 위해서인가."

티가 이렇게까지 카임의 위치에 연연하는 것은 하르스베르크 백작가에서 소외당하던 카임이 걸맞은 지위에 오르기를 바라기 때문이다.

주인이 어디까지고 높이 올라가기를 바라는 마음 또한 메이드의 소양이다.

"제국에서라면 그에 걸맞은 공적을 세우면 귀족도 될 수 있어요. 고명한 모험가가 후작의 작위를 얻은 사례도 있고요."

"그렇군……. 어차피 꿈이나 목표가 있는 것도 아니니, 시간 때우기로 높은 곳을 향해보는 것도 나쁘지 않을지도 모르겠군."

카임이 농담 비슷하게 어깨를 으쓱였을 때, 야영 뒤처리가 끝났다.

"후우……, 이걸로 전부로군."

렌카가 짐 정리를 마치고서 밀리시아에게 고개를 돌렸다.

"이로써 언제든지 출발할 수 있습니다만…… 어떻게 할까요, 공주님?"

"출발하죠, 카임 씨."

밀리시아가 잘린 나무 그루터기에서 일어나 카임을 재촉했다.

"그래……. 갈까, 제도로!"

카임 또한 잠기운이 남은 몸을 채찍질해 일어서서 출발을 선언했다.

○ ○ ○

숲을 나선 카임 일행은 가넷 제국 중앙에 있는 제도를 향해 출발했다.

처음에는 제도로 직통하는 가도를 통해서 똑바로 동쪽으로 나아갈 예정이었다. 하지만 지역 사정에 밝은 렌카가 그 루트로 가면 남들 눈에 띄기 쉽고, 밀리시아의 신병을 노리는 자들에게 포착될 가능성이 높다는 의견을 내놓았다.

그 때문에 굳이 최단 루트인 동쪽 가도를 피하고, 북쪽으로 돌아가는 루트를 통해서 제도로 향하기로 했다.

운 좋게도 북쪽 가도에 발을 들였을 때 카임 일행은 마차를 잡아탈 수 있었다.

큼직한 포장마차에는 이미 여행자나 상인, 모험가 같은 자들, 후드를 뒤집어쓴 사연이 있어 보이는 여성 등이 올라타 있었다.

제국에서는 정기적으로 이런 마차가 나와서 교통편으로 마을 사이를 잇고 있었다.

카임 일행은 빈 공간에 앉아 간헐적으로 흔들리면서 북쪽 마을을 향해 갔다.

'이것 참……. 우연히 구해준 여성이 이웃 나라 황녀님이고, 덤으로 계승 다툼에 말려들어 버릴 줄이야……. 인생이 뭐 이러냐.'

이동 시간 중에 할 일이 없어서 따분해진 카임은 여태까지 거쳐 온 여행을 돌아보았다.

고작 얼마 전까지는 고향에서 독의 저주에 침식돼 썩어갔는데…… 생각해 보면 참으로 멀리까지 왔다.
'마치 이야기 속 주인공이라도 된 것 같잖아……. 어릴 적에 읽었던 그림책도 아니고.'
밀리시아 일행을 도적에게서 구출한 것에 후회는 없다. 모래알만큼도 없다.
하지만…… 그다지 깊은 생각도 없이 행한 선행으로 나라를 둘러싼 싸움에 말려들고 만 상황을 생각하면, 하늘의 안배에 부조리함을 느끼지 않을 수 없다.
'저주받은 아이'로 태어난 것도 그렇고, 다시금 자신의 불행함을 뼈저리게 깨달아 신불을 저주하고 싶어지는 기분이었다.
'그렇다고는 해도…… 다른 사람의 눈에는 내가 불행해 보이지는 않겠지. 이렇게나 여자만 데리고 있으니 자못 행운이 따르는 남자로 보이지 않을까.'
"카임 님, 왜 그러세요?"
티가 묵묵히 생각에 잠긴 카임의 얼굴을 들여다보았다. 걱정하는 기색이 담긴 붉은 눈동자에 지쳐 빠진 카임의 얼굴이 비쳤다.
"오랜 이동으로 지치셨나요? 한숨 자고 싶어지셨다면 티가 베개가 될 테니까, 사양하지 말고 써주세요."
"음……."
티가 무릎을 탁탁 두드리며 꼬드겨 왔다.
딱히 졸려서 입을 다문 것은 아니지만, 어젯밤 그다지 잠을 자지 못한 것도 사실이다. 티의 제안은 상당히 매력적으로 들렸다.
"그렇군……. 잠시, 누워 볼까."

포장마차는 넓어서 사람이 눕기에 충분한 공간이 있었다. 카임은 사양하지 않고 티의 넓적다리를 베개 삼아 드러누웠다.

메이드복의 치마에 감싸인 넓적다리가 부드럽게 뒤통수를 받쳐 준다. 티의 다리는 탄탄하게 근육이 붙어 있어서 탄력이 있음에도 불구하고 신기할 만큼 기분 좋은 감촉이 들었다. 여성의 몸이란 참 신기하다.

“칫……, 꽁냥거리긴…….”

“여자를 저렇게나 거느리다니……. 게다가 다들 미인뿐이잖아.”

마차에 함께 탄 남자들이 혀를 차는 소리가 들려왔다.

티, 밀리시아, 렌카라는 타입이 다른 세 미희를 이끌고서, 덤으로 그중 한 사람이 무릎베개까지 해 주고 있다. 선망과 질투의 시선이 쏟아지는 것도 당연하다.

‘역시, 불행한 별 아래에서 태어난 것처럼은 안 보이나 보군. 인생의 절반 이상이 쓰레기 같았으니까, 이 정도 이득은 얻어둬야 수지타산이 맞지만.’

“우우……. 약았어요, 티 씨. 저도 카임 씨에게 무릎베개를 해 주고 싶어요!”

가까운 곳에서도 선망의 목소리가 울렸다. 밀리시아가 입술을 삐죽이며 부러운 듯이 이쪽을 바라보고 있었다.

“렌카도 그렇게 생각하죠? 티 씨만 약았죠!”

“어……. 아뇨, 저는 딱히. 굳이 따지면 베개보다도 의자나 발받침대로 써줬으면 좋겠네요.”

렌카가 또다시 불온한 말을 입에 담는다.

어젯밤도 그랬지만…… 나날이 변태성을 갈고닦는 것 같은 기분이 든다.

그 무서운 성벽을 끌어내고 만 원흉이 카임의 독이라고 한다면 역시나 미안한 마음이 든다.

'……자자. 생각할수록 손해로군.'

카임은 폭탄 발언을 못 들은 것으로 치고, 눈을 감고서 수마의 손에 의식을 맡겼다.

마차 안에 대화는 없고, 덜컹덜컹 마차가 흔들리는 간헐적인 소리만이 울렸다.

이미 해가 기울기 시작하는 시간이 되었다.

다른 승객도 피곤했던 것이리라. 마차의 포장에 등을 기대어 꾸벅꾸벅 졸기 시작하는 자도 있거니와 카임처럼 드러누운 자도 있었다.

이대로 아무 일도 없다면 해가 저물기 전에 목적지인 역참 마을까지 도착할 수 있으리라.

하지만…… 그렇게 엿장수 마음대로는 안 된다. 앞으로 조금만 더 가면 도착하는 참에, 또다시 예상 밖의 사태가 벌어지고 말았다.

"이봐, 거기 마차! 멈춰라!"

"!"

갑자기 마차 밖에서 날카로운 목소리가 들렸다.

카임은 몸을 튕기듯이 일어나 곧바로 포장마차의 문짝을 노려보았다.

"……무슨 일이지, 긴급 사태인가?"

자다 깼음에도 불구하고 바로 뇌가 깨어났다. 무예인으로서 가진 직감이 바깥에서 여러 기척이 다가오고 있다는 사실을 알려왔다.

"저기, 손님분. 헌병님이 오셨나 봅니다."

마차 앞쪽에서 마부 남자가 곤혹스러운 기색으로 말을 걸어왔다.

아무래도 마차를 불러세운 이는 헌병인 모양이다. 귀를 기울이자 여러 마리의 말발굽 소리도 들려왔다.

"곤란하군……. 혹시, 추격자인가?"

"""""…………!"""""

카임이 작은 목소리로 속삭이듯이 중얼거리자, 동료들이 긴장으로 몸을 굳혔다.

어쩌면 포레 마을의 영주가 추격자로 헌병을 보낸 것은 아닐까?

밀리시아를 납치했을 때는 뒷세계의 인간을 쓴 모양이었지만……. 카임은 영주 저택을 습격했으니 범죄자로서 공공연히 수배당했을 가능성이 있었다.

"이 마차에 수배 중인 범죄자가 타고 있다는 정보가 들어왔다. 안을 수색하겠다!"

카임의 예상을 긍정하듯이 포장마차 바깥에서 헌병의 목소리가 울렸다.

곧바로 목제 문이 열리고, 갑옷을 몸에 걸친 이인조 병사가 안으로 들어왔다.

'곤란하군……. 이렇게 되면, 여기에서 맞서 싸울까?'

다른 승객을 말려들게 할 가능성이 있지만…… 그렇다고 해서 얌전하게 붙잡힐 생각은 없다. 만약 이 헌병이 추격자라고 한다면 싸울 수밖에 없었다.

카임은 결의를 굳히고 주먹을 움켜쥐며, 언제든지 움직일 수 있게끔 임전 태세를 취했다.

헌병이 마차의 좌석에 앉은 승객을 한 사람 한 사람 차례차례 확인했다. 순서에 따라 점점 카임 일행이 가까워졌다.

"…………."

"…………."

바로 옆에 앉은 티와 밀리시아, 렌카에게서도 긴장의 기색이 전해져 왔다.

"아니야, 이쪽도 아니군. 이쪽은……."

헌병이 다가와서 카임 일행 바로 근처에 앉아 있던 여성의 얼굴을 들여다보았다.

카임이 슬슬 움직여야 하나 싶어 살기를 띠었지만, 그보다도 먼저 사태가 움직였다.

"후우……, 여기까지인 모양이네."

"윽……?!"

"운이 없구나……. 나도, 물론 당신들도."

물소리가 철퍽 울리고, 마차 안에 새빨간 피가 튀었다.

선혈의 발생원은 여성의 얼굴을 검문하던 헌병. 그자의 목에 두꺼운 나이프가 박혀 있었다.

"정말로 유감이네. 나를 발견하지 않았더라면, 여기서 죽지 않아도 됐을 텐데."

매우 침착한 목소리로 중얼거린 이는 카임 일행의 바로 옆에 앉아 있던 후드를 쓴 여성이었다.

여성이 헌병의 목을 찌른 나이프를 뽑아내자, 더욱더 대량의 혈액이 뿜어져 나와 마차 포장과 바닥을 붉게 물들였다.

"꺄아아아아아아아아아아아악!"

"우와아아아아아아아아아아아악!"

갑작스럽게 참극이 벌어지자, 승객들이 비명을 질렀다.

여성이 일어서서는 가볍게 오른손을 휘둘러 나이프에 묻은 피를 털었다.

"네놈……, 잘도 동료를!"

"시끄럽네. 조용해 해줬으면 좋겠어."

"크윽……!"

또 한 사람의 헌병이 검을 뽑으려 했지만, 그보다도 먼저 여성이 오른손을 휘둘렀다.

시퍼런 날이 날카롭게 번뜩여, 검에 손을 댔던 헌병의 목을 베어 찢었다. 경동맥이 절단된 헌병이 순식간에 목숨을 잃었다.

아까 전까지는 평화로웠을 마차 안이 지금은 도살장처럼 무참한 꼬락서니가 되었다. 승객 중에는 공포에 질린 나머지 흰자를 드러내며 실신하는 자까지 있었다.

"둘이 합쳐서 15점쯤 되려나? 입국한 지 고작 사흘 만에 나를 찾아낸 건 높게 평가하겠지만, 아무리 뭐라 해도 너무 방심이

심하잖아. 이렇게 좁은 마차 안에서는 만족스럽게 검을 휘두를 수 없어."

여성이 그 자리에 어울리지 않게 냉정한 말투로 말하면서, 다시 한번 나이프를 흔들어 피를 털었다.

그리고 다른 승객을 향해서 정중하게 고개를 숙였다.

"소란을 피워서 미안해. 당신들을 다치게 할 생각은 없으니까 얌전히 있어 줘."

여성이 고개를 들자, 그와 동시에 그 머리 부분에 덮여 있던 후드가 벗겨졌다.

후드 아래에서 나타난 이는 네이비블루의 머리카락을 땋은 아담한 몸집의 여성이었다.

외견 연령은 이십대 전후. 살집이 적게 붙은 마른 몸매라, 보기에 따라서는 소년으로도 보이는 용모다.

얼굴 생김새는 중성적이고 단정하지만…… 눈동자만이 극한처럼 얼어붙어서, 두 사람을 해친 것을 털끝만큼도 신경 쓰는 기색이 없었다.

"카임 씨, 저 여성은……?"

"글쎄……. 누군지는 모르겠지만 관여하지 않는 편이 좋겠어."

헌병을 살해한 여자의 정체는 모르겠지만…… 적어도 카임 일행에 대한 적의는 느껴지지 않는다.

"우리의 적이 아니라면 굳이 싸울 필요는 없어. 지금은 상황을 지켜보자."

"어흥……, 알겠어요."

"알았다……."

티와 렌카가 카임의 말에 동의했다.

여성은 성큼성큼 피로 더러워진 바닥을 밟고서 바깥으로 나가려 했다. 카임이 그대로 뒷모습을 배웅하고 있노라니, 문득 여성이 뒤를 돌아봐서 눈이 마주쳤다.

"…………."

"…………."

두 사람의 시선이 교차한 것은 일순간. 바로 여성은 포장마차 밖으로 얼굴을 돌리고 나가 버렸다.

"……강하군, 저 여자."

카임은 감탄 섞인 한숨을 쉬었다.

헌병 둘을 손쉽게 살해한 움직임도 훌륭하지만…… 카임의 미미한 투기를 감지하고서 이쪽을 돌아봤기 때문이다.

그녀가 마차에서 내리기 직전, 카임은 무방비한 등에 독을 쏘아 넣어 줄까 하고 아주 조금 생각했다. 그저 생각만 했을 뿐 실행할 마음은 없었지만…… 그런 미미한 적의를 감지하고 이쪽에 시선을 보내온 것이다.

'어지간한 감지 능력이 아니라면 불가능한 곡예야. 영주에게 고용됐던 새까만 무리하고는 하늘과 땅 차이로군.'

카임은 탄식하며 슬쩍 마차 밖을 엿보았다.

"나왔다! 동료를 살해했다!"

"틀림없어……. 이 여자가 그 지명수배자다!"

"에워싸라! 여기에서 붙잡는다!"

바깥에서는 다른 헌병이 네이비블루 머리카락의 여성을 에워싸고는 검이나 창을 겨누었다.

대기하던 헌병의 인수는 여섯 명. 숫자 앞에 장사 없다.

"살인 청부업자 '참수의 로즈벳'이로군! 무기를 버리고 투항하라!"

"……짜증 나네. 그렇게 큰 소리 안 내도 들리니까, 소란 부리지 말아줬으면 좋겠어."

그 여성── '참수의 로즈벳'은 지긋지긋하다는 듯이 고개를 내젓고서, 양손으로 나이프를 겨눴다. 헌병에게 둘러싸인 상황인데도 항복할 마음은 없는 모양이었다.

"붙잡아라!"

헌병이 로즈벳에게 뛰어들었다.

연계가 잘 된 움직임. 그들이 나름대로 뛰어난 병사라는 사실을 알 수 있었다.

"바보로군……. 실력 차를 생각해라."

하지만…… 그런 헌병의 모습을 보고 카임은 어이가 없었다.

"저 여자는 생포할 수 있을 정도의 역량이 아니야. 안이하게 굴면 죽는다?"

"싯!"

로즈벳이 좌우에 든 나이프를 휘둘렀다. 두 자루의 칼날이 은색의 곡선을 그리며, 양쪽에서 닥쳐오던 헌병 두 사람의 목을 베어냈다.

"아니……!"

"말도 안 돼! 너무 빠르잖아?!"

목이 베여 떨어진 헌병의 시체에서 분수처럼 혈액이 뿜어져 나왔다.

눈 한 번 깜빡할 정도의 시간에 두 사람의 목숨을 빼앗아 가다니…… 무섭도록 빠른 솜씨다.

"넋 놓고 있을 때가 아니야. 계속 갈 거니까."

"으……!"

뿜어져 오른 피가 빗방울이 되어 떨어지는 사이, 로즈벳이 달렸다.

그녀는 자세를 낮추고서 지면을 미끄러지듯이 다른 헌병의 품으로 파고들었다.

헌병이 당황해서 맞받아치려고 했지만, 거리가 너무 가까워서 검으로는 대응할 수 없었다.

"싯!"

"크윽……!"

나이프가 헌병의 가슴에 박혔다. 그녀는 칼날을 옆으로 눕히고, 갈비뼈와 갈비뼈의 틈새를 꿰매다시피 하며 심장을 꿰뚫었다.

"이제! 동료를 해쳤겠다!"

"생포는 포기해라! 죽여서라도, 여기에서 쓰러뜨린다!"

합계 다섯 명의 동료가 살해당하자, 마침내 헌병도 로즈벳이 산 채로 붙잡을 수 있을 만큼 어중간한 상대가 아니라는 사실을 깨달은 모양이다. 진심이 담긴 살의를 무기에 실어, 로즈벳을 노려서 베려고 들었다.

"느리네. 20점."

그들의 결단은 너무 늦었다.

이미 헌병은 세 명까지 수가 줄어들었다. 좀 더 인원수가 남아 있을 때 사력을 다했더라면 결과는 달랐을지도 모르지만, 이미 만회는 불가능하다.

"시이이이이이이이잇!"

"윽……."

"커헉……."

"으……!"

로즈벳은 좌우 두 자루의 나이프로 헌병의 공격을 쳐내고, 오히려 그들의 몸을 베며 찢어 나갔다.

헌병들이 전멸하는 데 걸린 시간은 30초 정도. 주변 일대가 피바다로 변하고, 로즈벳이 헌병의 시체에 둘러싸여 서 있었다.

"예상한 대로의 결과인가……. 불쌍하군."

카임은 마차 문에서 싸움의 끝을 지켜보며 애처로움에 눈을 가늘게 떴다.

카임이 예상했던 대로, 네이비블루 머리카락의 여자…… '참수의 로즈벳'이 승리했다. 모든 헌병이 피 웅덩이에 잠겼다.

"'참수의 로즈벳'……, 들은 적이 있군."

렌카가 카임의 등 뒤에서 고개를 내밀었다.

"뭔가 알고 있는 건가?"

"그래. 대륙 서부에서 활약……. 아니, 암약하고 있는 살인 청부업자였을 거다. 여자라고 하던데, 이렇게까지 젊을 줄은 몰랐군."

"살인 청부업자라……. 대체 제국에 무슨 용건일까?"

단순한 관광일 리는 없다. 살인 청부업자라고 할 정도니까, 누군가 타깃을 살해할 목적이 있는 것일까?

"총합 25점. 다들 하나같이 맥 빠지는 상대였군. 그럼, 다음은……."

헌병의 죽음을 확인한 로즈벳이 고개를 들고서 마차 쪽으로 시선을 옮겼다. 카임과 그녀의 시선이 교차했다.

"살기를 통해 추측하건대 95점쯤 될까? 꽤 거물이 동승하고 있었구나."

"…………."

"돈이 안 되는 살생을 할 생각은 없지만…… 당신은 무시하기에는 너무 강한 것 같네. 후환을 없애기 위해서라도 처리해 두는 게 좋겠지?"

"……갑작스러운 유혹이로군. 미인이 꼬시니 쑥스러워서 얼굴이 빨개져 버렸어."

카임은 시치미 떼면서 주먹에 압축 마력을 두르고 임전 태세를 취했다.

초면인 상대. 딱히 싸울 이유가 있는 것도 아니지만…… 저쪽에서 덤빌 셈이라면 봐 주지는 않는다. 막아서는 장애물은 때려 부술 뿐이다.

"시이……."

로즈벳이 카임의 살기를 감지하고 피투성이의 나이프를 살랑 흔들었다.

천천히…… 길게 숨을 내뱉으면서, 싸움의 막이 열리는 순간이 찾아오기를 기다렸다.

"도……, 도망쳐라아아아아아아아아아아!"

"으억?!"

하지만 여기에서 두 사람이 충돌하는 일은 없었다.

마차의 마부가 기세 좋게 말고삐를 휘둘러 말을 출발시켰기 때문이다.

말에 끌어당겨진 차체가 격렬하게 위아래로 진동하며 움직이기 시작했다. 갑작스럽게 벌어진 일에 카임은 하마터면 혀를 깨물뻔했다.

"이봐, 갑자기 몰지 마! 위험하잖아!"

"그런 말을 할 때가 아닐 텐데요! 어서 도망치자고요!"

마부석에서 필사적인 호통 소리가 되돌아왔다.

중년 마부는 몇 번이고 몇 번이고, 말 엉덩이를 격렬하게 채찍으로 때렸다.

"헌병님이 다들 죽어버렸어……! 이런 곳에 있으면, 우리까지 죽어버릴 거야!"

"꺄악!"

"아가씨!"

격렬하게 흔들리는 마차에 밀리시아가 비명을 질렀다. 렌카가 밀리시아에게 뛰어들어 함께 차체에 매달렸다.

다른 승객도 마찬가지로 비명을 지르면서 마차를 붙잡고서 몸을 웅크렸다.

"그 여자는…… 쫓아오지 않나."

카임도 한 손으로 마차를 붙잡으면서 뒤쪽을 확인했다.

로즈벳은 헌병을 죽인 위치에 그대로 서서 움직이지 않았다. 점점 거리가 멀어져 모습이 작아져 간다.

"카, 카임 님!"

"그래……. 일단, 경계를 풀어도 문제는 없겠어."

카임은 마차의 문을 안쪽에서 닫고서, 자신의 몸에 매달린 티의 어깨를 지탱했다.

'참수의 로즈벳'이라……. 뭐가 목적인지는 모르겠지만, 기억해 두는 편이 좋겠군.'

네이비블루의 머리카락을 땋은 여자의 얼굴을 똑똑히 기억하고서, 위아래로 흔들리는 마차의 진동을 견뎠다.

○ ○ ○

"여기서부터는 걸어가야 하는구나……. 아직 제도까지는 꽤 거리가 있는데, 정말로 분하고 원통해."

한편, 마차가 떠나가고 남겨진 로즈벳은 곤란한 듯이 한숨을 쉬었다.

헌병이 올라탄 탓에 마차를 내리게 되고 말았다.

로즈벳을 내려놓은 마차는 맹렬한 속도로 가도를 달려가 이미 형체가 흐릿해지고 있었다. 제아무리 로즈벳이 보기 드문 신체 능력을 갖췄다고 해도 쫓아가기란 불가능하리라.

"잘 모르는 장소……. 이런 가도 한가운데에 놔두고 가다니 대체 어쩌라는 걸까. 참 너무하네."

자신이 행한 참상에서 눈을 돌리고, 로즈벳은 토라진 듯이 입술을 삐죽였다.

'참수의 로즈벳'은 살인으로 돈을 벌어서 생계를 꾸려가고 있었다.

돈만 받으면 누구의 적이라도 되고, 누구의 목이라도 떨어뜨린다. 뒷세계에서는 상대를 가리지 않는 것으로 알려진 대단한 실력의 청부업자다.

특정한 주인을 두지 않아서 '들개'라는 야유를 받을 때도 있지만…… 로즈벳은 딱히 신경 쓰지 않는다. 특정 인물이나 조직에 고용되어 이상한 속박에 사로잡히기보다도, 원하는 대로 살아가고 마음대로 죽이는…… 그런 편한 삶의 방식이 성미에 맞았다.

'곤란하게 됐네……. 북쪽으로 돌아가는 길을 통해 제도에 갈 생각이었는데, 벌써 좌절되고 말았잖아.'

로즈벳은 어떤 목적을 위해서 제도로 향하고 있었다.

똑바로 제도로 가는 것도 좀 아니다 싶어서 돌아가는 길을 선택했는데, 그것은 우연히도 카임 일행이 취한 수단과 같았다.

하지만 운 나쁘게 헌병에게 들켜 버려 마차에서 내리게 되고 말았다.

마차의 모습은 이미 보이지 않는다. 헌병이 타고 온 말도 싸움에 겁먹어 도망치고 말았다. 최악의 경우, 미아가 되어 객사할지도 모르는 상황이다.

'입국하자마자 헌병에게 들켜 버리다니 예상 밖이야. 내가 온다는 사실을 아는 것 같았는데……. 설마, 누군가가 내 존재를 흘린 걸까?'

헌병의 대응이 너무 빠르다. 로즈벳이 입국한 것을 알았던 기색이었으니, 사전에 정보가 새었다고밖에 여길 수 없었다.

'의뢰를 가져다준 중개인이 배신했나? 아니, 그건 아니겠지. 그들도 프로야. 어중간한 배신이 가져다주는 말로를 모를 리가 없어.'

로즈벳이 가넷 제국에 온 것을 아는 이는 의뢰인을 제외하면 일을 가져다준 중개인뿐이다.

살인 청부업자나 암살자에게 일을 제공하는 중개인이란, 어떤 의미에서는 본직의 수행인보다도 더 위험하고 실패가 허용되지 않는 직업이다. 섣부르게 정보를 흘릴만한 중개인은 뒷세계에서 오래 살아 남을 수 없다. 금세 처리당해 시궁창에 둥둥 떠다니게 되리라.

'애당초, 이번 일의 의뢰인은 누구일까?'

로즈벳은 의뢰인의 정체를 모른다. 중개인은 알고 있을지도 모르지만, 로즈벳에게는 밝히지 않았다. 의뢰인에 대한 정보를 숨긴다는 사실 자체는 드물지 않다. 오히려 공개하는 경우가 더 드물다.

'『제국 황제의 세 자식……, 그중 두 사람을 살해하라. 살해하는 시기나 방법은 일절 묻지 않겠지만, 빠르면 빠를수록 보수를 더 얹어 주겠다』.'

로즈벳은 의뢰 내용을 머릿속에서 반복했다.

타깃은 대륙 제일인 제국의 황족, 덤으로 황위 계승자 중 두 명이다. 여지없이, 여태까지 청부받은 일 중에서도 가장 큰 의뢰라고 할 수 있으리라.

'의뢰인은 제국 국내의 사람이라는 것밖에 몰라……. 그밖에 아는 것이라 하면 몹시나 보수가 높다는 점뿐.'

선금만으로도 호화 저택을 세울 수 있을 만한 금액이었다. 성공 보수도 포함하면, 어딘가의 나라에서 작위와 영지를 살 수 있을 정도이다.

'평소 같으면 의뢰인에 대해서 흥미는 품지 않으려 하지만…… 역시나 아주 조금 신경 쓰이네.'

만약 가넷 제국에…… 혹은 황족에게 원한을 품고 있다면, '세 명 중 두 명'이라는 기묘한 지정이 아니라 '전원을 죽여라'라는 조건을 내놓았으리라.

의뢰인의 목적은 원한이 아니다. 그렇다면 정치적인 이유일까?

유감스럽게도 일개 살인 청부업자일 뿐인 로즈벳으로서는 짚이는 동기가 없었다.

대체 의뢰인은 무엇 때문에 그런 의뢰를 내놓았을까? 드물게 호기심을 자극받은 것도 로즈벳이 일을 맡고 제국으로 찾아온 이유 중 하나다.

'사전 조사로는…… 황제의 세 자식 중, 밀리시아 황녀는 행방불명. 확실히 위치를 아는 것은 제도에 있는 아서 황자와 란스 황자. 이 두 사람을 처리하면 의뢰는 달성하게 되겠지.'

맡은 살인을 무사히 달성하면, 의뢰인의 목적도 보이기 시작하리라.

하지만…… 그 일을 달성하기 위해서는 우선 제도에 가야만 한다.

헌병 때문에 마차에서 내리게 되었으니, 걸어서 제도까지 가게 되면 그 나름대로 대모험이다.

"이봐, 봐라! 이쪽에 여자가 있다!"

하지만…… 그런 로즈벳의 귀에 굵은 남자의 목소리가 들려왔다.

뒤를 돌아보자 거기에는 너덜너덜한 옷을 입은 덩치 큰 남자가 서 있었다.

"헤헷……, 감사하군. 이 여자를 팔아넘기면, 무사히 겨울을 날 수 있겠어!"

"이만한 미인이니 자못 비싸게 팔 수 있을 거라고!"

"팔기 전에 우리끼리 즐겨 두자. 다음엔 언제 여자를 안을 수 있을지 모르니까!"

가도에 인접한 숲속에서 동료처럼 보이는 남자들이 줄줄이 나타났다.

모두 다 초라한 차림새였는데, 손에는 곤봉이나 손도끼 등을 움켜쥐어 무장하고 있었다.

"전부 다 5점 미만……. 쓰레기네. 몰락 농민이 도적이라도 됐나? 제국은 치안이 좋다고 들었는데, 역시 어느 나라에도 이런 놈들은 있네."

남자들에게 둘러싸인 로즈벳이 미소를 띠었다.

로즈벳에게 몰락 농민 도적의 습격 따위는 대단한 문제가 아니다. 문제는커녕 이 상황에서는 행운이라고조차 여겨진다.

"때마침 '다리'가 필요하던 참이야. 당신들이 농민이라면 말 한 마리쯤은 가지고 있겠지?"

로즈벳은 뜻밖에 찾아온 행운을 신에게 감사하면서 나이프를 겨눴다.

"일단…… 한 사람 살려두면 충분하겠지. 나머지는 처리해 버리자."

"뭐라고오? 이 여자, 날붙이 같은 걸 꺼냈는데?!"

나이프를 꺼내든 로즈벳을 보고서 남자들이 살짝 주춤했다.

무기를 꺼냈을 뿐인데 동요하다니…… 역시 단순한 몰락 농민. 일반인인 모양이다.

"그걸로 목을 떨어뜨려 줄까."

도적들은 금세 알게 되리라. 자신들이 사냥감으로 삼아서는 안 되는 인간을 습격하고 말았다는 사실을.

그 후, '참수의 로즈벳'은 카임 일행과는 다른 루트로 제도를 향하게 된다.

북쪽으로 돌아가는 루트에서 이동 중에 헌병에게 발목이 잡힌 로즈벳은 몰락 농민 도적에게서 그 지역 사람만이 아는 시골길에 대해서 듣고, 거기를 통과해 제도를 향하기로 했다.

로즈벳이 목숨을 노리는 표적에는 카임의 연인인 밀리시아도 포함되어 있다. 이번 접촉에서는 로즈벳이 밀리시아의 존재를 알아채지 못했지만…… 다음은 어떻게 될지 모른다.

카임과 재회한 로즈벳이 적이 될지, 아니면 아군이 될지.

그것은 신조차도 모르는 미래의 이야기다.

오는 도중 예상 밖의 사고와 맞닥뜨리기는 했지만, 마차는 무사히 북쪽에 있는 역참 마을에 도착했다.

다다른 곳은 포레 항구 마을보다도 다소 작은 지방 도시——'지알로'라는 이름의 마을이다.

마을 주위는 성벽으로 둘러싸이고 대문에 병사가 서 있기는 했지만, 대강 얼굴을 확인했을 뿐 심사 따위는 없이 마을로 들어갈 수 있었다.

치안이 좋아서 평화에 물든 것인지, 아니면 물류 유통을 좋게 하려고 일부러 수고를 줄이는 것인지는 모른다.

마을 큰길에서 마차가 멈춰 섰다. 안에 있던 승객이 차례대로 마차에서 내렸다.

"아무래도…… 무사히 도착한 모양이네요."

로즈벳 때문에 피투성이가 되어 버린 마차에서 내린 밀리시아가 안도하며 심호흡을 했다.

"이쯤 왔으면 안심이에요. 포레의 영주도 추격자를 보내오지는 않겠죠."

"……무사한지 아닌지는 모르겠는데. 이상한 여자와 동승하기도 했고."

한걸음 삐끗하면 헌병과 '참수의 로즈벳' 사이의 싸움에 말려들 뻔했다. 아무도 다치지 않고 역참 마을에 도착한 것이 기적이다.

“그래서…… 앞으로 어쩔 셈이지?”

카임의 질문을 받은 밀리시아가 잠시 생각에 잠기고 나서 입을 열었다.

“정보수집을 해요. 이 마을에서.”

“정보라니…… 뭘 위해서?”

“물론 제도의 상황에 대해 알기 위해서예요. 제가 제도에 있었을 무렵에는, 두 오라버니가 수면 아래에서 경쟁하고 있었지만 적어도 무력을 동반한 싸움은 일어나지 않았어요. 하지만…… 아무래도 상황은 시시각각 바뀌고 있는 모양이에요.”

밀리시아가 진지한 표정으로 바뀌어 자신의 가슴께에 오른손을 댔다.

“이건 포레의 영주에게 붙잡혔을 때 들은 얘기인데요……. 제가 제국을 비운 사이에, 오라비들의 싸움이 훨씬 더 심각해진 모양이에요. 성의 귀족은 둘로 나뉘고, 기사단 사이에서도 대립이 생기고 있다고 얘기했어요. 제국의 서쪽 끝에 있는 포레까지 전해졌으니까, 어지간히 심각한 상황이겠죠.”

그 영주가 암살자까지 써서 밀리시아를 붙잡은 것도, 치열해지는 권력 다툼이 영향을 미치고 있으리라.

“포레보다도 제국에 가까운 이 마을이라면 훨씬 더 상세한 정보가 들어와 있을 거예요. 어떻게든 이 마을의 유력자와 접촉해서 정보를 캐내고 싶은데요…….”

“기댈 곳은 있는 건가?”

"일단, 염두에 둔 분은 있어요……. 직접 얘기해 본 적은 없어서 힘이 되어줄지 아닐지는 모르겠지만요."

"그런가……. 그렇다면 그쪽은 너한테 맡기지."

카임이 마차 안에서 뭉쳤던 팔다리를 가볍게 뻗으면서 하늘을 올려다보았다.

"일단…… 오늘은 숙소를 찾을까? 곧 해가 저물 거다."

이미 태양은 서쪽으로 기울고 있었다. 얼마 안 있으면 곧 밤이 되리라.

여태까지의 여정 중엔 이상할 만큼 여관 운이 없었다. 방이 부족해서 나뉘어 숙박하게 됐고, 그 때문에 트러블도 일어났다.

같은 전철을 밟지 않게끔 서둘러 숙소를 정해야만 한다.

"여관으로 가는 건 좋은데…… 이 냄새는 뭔가요? 무척 고약해요……."

티가 코를 막으며 얼굴을 찡그렸다.

"응……, 냄새라고?"

"저는 딱히 신경 안 쓰이는데요……?"

카임과 밀리시아가 얼굴을 마주 보며 고개를 갸우뚱했다.

딱히 냄새다운 냄새는 느껴지지 않는다. 큰길에는 그 나름대로 사람이 있어서, 일상생활에서 풍기는 냄새나 요리 냄새가 나는 정도다.

"혹시…… 유황 냄새 아닌가?"

렌카가 떠올랐다는 듯이 입을 열었다.

"이 마을은 북쪽 산맥에 가까워서, 그 때문에 온천이 솟는다는 말을 들은 적이 있다. 우리에게는 느껴지지 않지만…… 수인의 코에는 유황 냄새가 전해졌던 거겠지."

"온천이라면…… 그 지면에서 뜨거운 물이 나온다는 초상현상 말인가?"

카임이 어릴 적에 읽은 책의 지식을 끌어냈다.

"지면 바닥에는 불타오르는 불꽃의 바다가 흐르는데, 불을 뿜는 용이 살고 있어. 용이 몸을 달싹이면 지진이 일어나서, 뜨거워진 지하수가 바깥으로 뿜어져 나온다던가……."

"아니……, 그런 전설 이야기는 아닐 것 같지만, 지면에서 뜨거운 물이 뿜어져 나오는 건 틀림없군."

렌카가 그립다는 표정을 지으며 쓰게 웃었다.

"이 마을에는 처음 오지만…… 온천에는 기사단의 원정 중에 들어가 본 적이 있어. 평범한 목욕과는 또 다르게 기분이 좋았고, 살결이 매끈매끈해지는 효능도 있는 모양이다."

"살결이 매끈매끈……. 그거 좋네요! 그럼, 오늘 밤엔 온천에 들어갈 수 있는 숙소를 잡아요!"

밀리시아가 양손을 맞대며 들뜬 소리를 냈다.

"실은 전부터 온천에 들어가 보고 싶었어요! 마침내 꿈이 이뤄지겠어요!"

"이봐……, 놀러 온 게 아니라고."

기가 막힌 듯이 말하면서도, 실은 카임도 온천에 들어가고 싶었다.

책에서 읽고서 과연 어떤 것인지 신경 쓰였는데 염원이 하나

이뤄질 것 같다.

"그럼, 온천이 있는 숙소를 찾도록 할까…………. 괜찮겠어?"

"아으……."

카임이 코를 막으며 몸부림치는 티에게 묻자, 그녀는 양손으로 얼굴을 덮으면서도 고개를 끄덕였다.

"으윽……, 티도 카임 님과 온천에 들어가고 싶어요. 이 냄새에는 익숙해져 볼게요."

"……네가 좋다면 상관없지만 무리는 하지 마라."

티를 걱정하면서도 카임 일행은 온천에 들어갈 수 있는 숙소를 찾았다.

다행스럽게도 곧바로 조건에 맞는 여관을 찾을 수 있었다.

숙박료는 상당히 값비쌌지만, 대절로 온천에 들어갈 수 있는 방을 잡은 것이다.

카임 일행이 묵게 된 여관은 지알로 마을이 생겼을 때부터 존재하는 오래된 가게였다.

원래 이 마을은 7대 전 황제가 퇴위 후에 이주해, 총애하는 가신이나 애첩을 데리고 와 은거 생활을 시작한 것이 계기가 되어 생겨난 탕치장(湯治場)이다.

마을을 다스리는 영주도 그 황제가 나이 차이 나는 정부에게서 본 아이의 후예. 황족인 밀리시아의 머나먼 친척뻘이 된다.

그 여관은 일찍이 황제가 이용하던 곳이라고 해서 상류 계급용 고급점으로 취급되고 있었다. 할증 숙박 대금만 지불하면 노천 욕탕을 통째로 빌릴 수 있는 서비스가 자랑이다.

카임 일행은 안내받은 방에 짐을 놓기가 무섭게, 재빨리 온천에 들어가고자 갈아입을 옷을 손에 들고 방을 나갔다.

"과연……. 확실히 꽤 기분 좋군……. 몸이 녹는 것 같아."

카임이 욕조에 어깨까지 푹 담그고, 느긋하게 몸을 뻗으며 긴장을 풀었다.

노천탕 온천은 사방을 나무 울타리로 뒤덮어서 외부의 시선을 차단하고 있다.

옥외이면서 그 누구의 눈치도 보지 않고 알몸으로 입욕할 수 있다는 해방감에, 카임은 한층 더 속 시원함을 느꼈다.

"하아, 목욕물이 좋네요~. 기분이 너무 좋아서 가슴도 둥둥 떠요~."

"피부에 스며들기 시작하네요~. 그보다 티 씨의 가슴은 다시 봐도 대단하네요~."

"딱딱해진 근육이 점점 풀려……. 공주님도 작지는 않으니 신경 쓰실 필요는 없을 것 같습니다."

동료들도 온천을 즐기는 모양이다.

카임의 눈앞에는 절경이 펼쳐졌다. 세 미희가 태어난 그대로의 모습이 되어, 뜨거운 물에 몸을 담그고 있었다.

"어흥~. 녹아요~."

티가 풍만하게 익은 몸을 아낌없이 드러내 욕조 안에서 팔다리를 뻗고 있다.

긴 은발이 욕조에 퍼져서 다른 생물처럼 흔들리고 있었다. 탐스럽게 맺힌 과실도 둥둥 떠올라 흔들려, 여자의 가슴은 물에 뜬다는 쓸데없는 지식을 가르쳐 주었다.

"밖에서 알몸이 되다니 처음에는 부끄러웠지만 익숙해지면 기분이 좋네요~. 날씨도 좋아서 무척 즐거운 기분이에요!"

밀리시아는 평소와는 다르게 금색 머리카락을 머리 위에 올려서 모았다.

여성은 머리 모양을 바꾸기만 해도 분위기가 휙 바뀌는 법이다.

온천이라는 비일상적인 장소라는 점도 있어서, 밀리시아의 균형 잡힌 몸매가 평소 이상으로 눈길을 끌어온다.

"뜨거운 물이 시원한 바깥 공기와 어우러져 딱 알맞네요……. 그렇지, 제가 원정 중에 온천에 들어갔을 때는 눈이 내렸는데, 추운 와중에 뜨거운 물에 들어가는 것도 끝내주는 기분이었다고요~."

렌카는 뜨거운 물에 잠기면서 몸을 뻗어 유연 체조를 했다.

군더더기 없는 근육이 붙은 팔다리는 잘 단련되어 있어서, 성적인 시점을 빼고 보아도 아름답다. 조여진 팔다리, 갈라진 복근…… 그러면서 가슴은 탱탱하게 자라서, 그녀의 움직임에 맞춰 형태를 바꾼다.

"……여기는 천국이었나. 꽤 가까이 있었군."

카임은 세 사람의 나신을 보고는 저도 모르게 탄식했다.

딱히 알몸을 보는 것은 처음이 아니다. 만나고 나서 몇 번이고 전라로 뒤엉켜 왔으니까.

하지만 오늘은 평소와는 사정이 다르다. 촉촉하게 젖은 윤기 있는 머리카락, 몸에 흘러내리는 물방울, 어렴풋이 붉게 물든 부드러운 피부엔 향기마저 느껴질 법한 색기가 있다. 저도 모르게 군침을 삼키고 말 만큼 감미롭기 그지없다.

"카임 씨의 몸, 굉장히 예쁘네요. 근육이 딱 붙어 있어서, 조각으로라도 남기고 싶어질 지경이에요."

한편으로 여성진 또한 카임의 알몸에 흥분하는 기색이었다.

밀리시아가 듬직한 무인의 몸매를 한 카임을 바라보며, 꿈꾸는 것 같은 눈동자로 뺨에 손을 댔다.

"……몸이 예쁘다는 소리는 처음 들어보는군. 신기하게도 나쁜 기분은 안 들지만."

카임이 자신의 몸을 내려다보며 쓰게 웃었다.

'독의 여왕'과 융합하기 이전, 카임의 몸에는 여기저기 보라색 반점이 떠올라 있었다.

저주 때문에 근육이 붙지 않아서 홀쭉 야위어, 어머니와 티 말고 다른 사람은 카임의 몸을 볼 때마다 혐오의 표정을 지었다.

"어흥, 카임 님은 예전부터 아름다웠어요! 어릴 적에는 귀여웠고, 지금은 멋져요!"

"그렇게 생각하는 사람은 너뿐일 것 같은데……."

"카임 씨의 어린 시절이라니……. 저도 보고 싶어요."

"……상상이 안 되는군. 카임 경에게 귀여웠던 시기가 있다니."

어린 시절이고 뭐고, 고작 한 달쯤 전의 일이다.

'그러고 보니……'독의 여왕'에 대해서 얘기하지 않았군.'

예전부터 아는 사이인 티는 어쨌거나, 밀리시아와 렌카는 카임의 신체가 급격히 성장했다는 사실을 모른다.

굳이 설명할 필요도 없었기에 말하지 않았지만, 숨기는 것 같아서 아주 조금 초조한 기분이 든다.

'밀리시아가 끌어안고 있는 문제가 정리되어 진정되면, 시간을 잡아 얘기하는 편이 좋을지도 모르겠군……. 일찍 처리되면 좋겠는데.'

"음……, 슬슬 나갈까? 뜨거운 물에 오래 있다가 현기증이 나도 몸에 안 좋잖아."

온천은 몸에 좋다고 했지만, 지나친 것은 모자라느니만 못하다는 말이 있다. 오래 입욕하면 컨디션이 무너지고 말 것이라며 카임은 욕조에서 일어섰다.

하지만 그대로 온천을 나가려고 한 카임의 양팔을 밀리시아와 렌카가 붙잡았다.

"카임 씨……, 즐거움은 이제부터예요."

"그렇고말고……. 놓치지 않는다."

"뭐……?"

흥분한 음성을 듣고 시선을 내리자, 정욕으로 가득 찬 두 사람의 얼굴과 눈이 마주쳤다.

밀리시아도 렌카도 온천의 열기와는 다른 이유로 피부가 달아올라서, "하아, 하아" 하고 거친 숨을 쉬고 있었다.

"너희, 설마 여기에서……."

"카임 님……, 괜찮지 않나요. 첫 온천이니 좀 더 추억이 필요해요."

"티……, 너까지……."

티가 욕조에서 일어서서 카임의 가슴에 매달렸다.

촉촉하게 젖은 두 가슴이 카임의 가슴통에 눌려서 물컹 형태를 바꾸었다.

"응, 아……, 역시, 듬직하세요. 마치 뜨거운 강철 같아……."

동시에, 몸을 밀착함으로써 카임의 하반신 일부도 티의 복부에 짓눌리게 되었다.

사랑하는 수컷의 리비도를 피부에 느낀 티가 기분 좋다는 듯이 눈을 가늘게 떴다.

"너희……, 또 발정한 거냐……!"

좌우의 손을 각각 붙들리고 몸을 끌어안겨…… 카임은 완전히 움직임을 봉인 당했다.

세 사람의 눈동자는 샘처럼 젖어 있었다. 호흡은 거칠고, 피부는 빨갛게 물들어서 명백히 발정하고 있다.

아직 본인에겐 의식이 부족한 모양이지만…… 카임은 '독의 왕'이라 온갖 체액에 독을 포함하고 있었다. 물론 무자각으로 치사성 독이 새는 건 아니지만, 상성 좋은 이성을 끌어들이는 페로몬은 의도치 않게 방출된다.

땀에 포함된 페로몬이 뜨거운 물에 녹아들어서 같은 욕조에 몸을 담갔던 세 여성을 발정시키고 만 것이지만…… 카임을 포함해 네 사람은 그 사실을 깨닫지 못했다.

"처음은 티랑 해요. 사전에 순서는 정해뒀어요!"

애당초…… 미리 순서를 정한 것으로 보아, 카임의 독이 없어도 할 일은 할 생각이었던 모양이지만.

"후후후훗……."

티가 요염하게 미소 지으면서 허리를 앞뒤로 움직였다. 정면에서 끌어안고서 양다리 사이에 사랑하는 남자의 '그것'을 끼워 넣어 착실히 봉사했다.

티가 몸을 움직일 때마다 카임의 가슴팍에 밀어붙여진 그녀의 가슴이 외설적으로 형태를 바꾸었다. 충혈된 돌기 부분이 부드러움 속에서 오돌오돌 딱딱한 감촉을 전해왔다.

"응, 아, 하앙……. 카임 님의 뜨거운 게 티의 소중한 곳을 자극해요……. 부비부비예요오……."

"윽……, 이 감촉은……!"

"아직 절정하면 안 돼요. 갈 거면 같이 가는 게 좋아요……!"

"으으으으윽……!"

카임은 여기저기 부드러운 살점이 비벼져 애무받는 감촉을 필사적으로 참았다.

자신의 의사로 절정한다면 모를까, 일방적으로 여자에게 괴롭힘당해 한계를 맞이하는 것은 자존심이 용서하지 않았다.

"카임 씨, 저희도 귀여워해 주세요."

"그래, 방치 플레이는 용서 못 한다고."

카임의 양팔을 붙잡은 밀리시아와 렌카가 졸라왔다.

밀리시아가 오른팔을, 렌카가 왼팔을 각각 붙들고서 몸을 바싹 밀착시켰다.

"하앙, 으하아……."

"으응!"

밀리시아와 렌카가 카임의 팔을 가슴 사이에 끼우고, 그대로 손가락을 자신들의 가랑이로 이끌었다.

"카임 씨……. 만져주세요, 저희에게 자비를 내려주세요……."

둘은 팔을 좌우에서 말랑말랑 자극하면서 귓가에 달콤한 목소리를 속삭였다.

귀에 닿는 뜨거운 숨결에 이끌리다시피 해, 카임은 양손의 손가락을 두 여성의 치부로 미끄러뜨렸다.

"꺅!"

"으앗!"

주종 관계인 두 사람이 동시에 울었다. 끌어안는 힘이 강해지고, 더욱더 강하게 가슴을 꾹 밀어붙였다.

카임은 뜨거운 물에 젖은 가랑이를 손가락으로 가르며, 모든 여성의 약점인 부분을 정성스러운 손놀림으로 애무했다.

"하악, 아……하아……. 싫어……. 아, 아앙!"

"앗……. 응……. 주, 죽여라아……. 으응, 아응!"

카임의 손가락이 움직일 때마다 괴로운 신음이 흘렀다. 두 악기가 호흡을 맞춰서 연주하는 듯 농염한 목소리가 울렸다.

그러는 사이에도 티가 허리를 움직여서 카임의 급소를 괴롭히고, 지나치게 부드러운 가슴을출렁출렁 밀어붙였다.

"어흥, 어흥……. 으으, 으아아아아아아아아앗!"

"아, 아아아……. 으하아아아아아아아아아앗!"

"주, 죽여라……. 아, 아으으으으으으으으응!"

"크윽, 크으으으으으윽!"

삼인 삼색의 절정 소리가 울려 퍼졌다. 그와 동시에 카임에게도 한계가 찾아왔다.

계속 참고 있었던 것을 해방하자, 시야가 따끔따끔 하얗게 물들었다.

"아, 하아……. 카임 님……."

"카임 씨……."

"멍……."

이제 막 절정에 도달한 미희 세 사람이 열기 어린 눈빛으로 바라보았다.

아무래도 아직 만족하지는 않은 모양이었다.

"……나도 일방적으로 당하고서 끝낼 수는 없지. 꼬신 건 그쪽이니…… 각오해라!"

"""꺅!"""

카임은 세 사람의 몸을 난폭하게 잡아당겨, 욕조 가장자리에 양손을 대고서 뒤를 향하게 만들었다.

전라의 미녀·미소녀의 엉덩이 셋이 나란히 늘어서는 장관이 완성됐다.

"간다……!"

"""아아아아아아아아아아아아아아앗!"""

카임이 먹어 치우듯이 늘어선 엉덩이를 덮었다.

새된 교성이 높은 하늘에 울려 퍼지고, 철퍽철퍽 살점을 막대기로 때리는 것 같은 소리가 간헐적으로 났다.

그날, 카임 일행은 하나같이 뜨거운 물에 오래 있어서 완전히 현기증이 나고 말았다.

욕실을 더럽힌 것을 여관 점원이 웃는 얼굴로 꾸짖었기에, 청소비로 상당히 많은 추가 요금을 지불하게 되었다.

○ ○ ○

다양한 의미에서 뜨거운 밤이 밝고, 다음 날 아침이 되었다.

여관 측에 혼나기도 했기에 어젯밤엔 노천 목욕 후에 일찍 취침했다.

오랜만에 침대에서 자게 된 거라, 네 사람은 하나같이 푹 잠들 수 있었다.

"그래서…… 오늘은 어쩔 셈이야? 정보수집을 한다고 했었지?"

카임이 짐을 꾸리면서 밀리시아에게 물었다.

어제, 밀리시아는 제도의 정보를 손에 넣을 수단이 있다고 말했다.

"네, 오늘은 이 마을에 있는 모험가 길드 지부에 가보고 싶어요."

밀리시아가 잠옷을 갈아입으면서 대답했다.

"길드에는 지부마다 책임자인 길드 마스터가 있어요. 이 마을의 길드 마스터는 '청랑기사단' 단장의 여동생이니 제도 사정에도 정통할 거예요."

"'청랑기사단'……?"

"제도에 거점을 둔 다섯 기사단 중 하나예요."

밀리시아가 옷을 다 갈아입고서 산뜻한 드레스 차림이 되었다. 공주님으로 보이지는 않지만, 그 나름대로 유복하게 자란 양갓집 아가씨 같은 복장이다.

"………….."

밀리시아가 대화를 멈추고 그 자리에서 빙그르 돌았다. 그리고 무언가를 기대하는 듯이 눈을 위로 치켜뜨며 카임을 바라보았다.

"………….."

"아아……, 잘 어울려. 귀여워, 귀여워."

이렇게 매일 아침처럼 옷을 보여주는 것에도 익숙해지기 시작했다.

겉치레이기는 했지만, 그래도 밀리시아는 기쁜 듯이 미소 지었다.

"기사단이 다섯 개나 있다니 성가셔요. 뭐가 어떻게 다른 건가요?"

옆에서 티가 대화에 끼어들었다.

이쪽도 옷을 다 갈아입어서 평소의 메이드복 차림이 되었다.

"기사단의 역할은 거의 같아요. 탑이나 요새의 방위, 반란 분자 토벌, 강력한 마물이 나타났을 땐 토벌하러 동원되는 일도 있어요."

"다른 것은 그 기사단에 소속하는 기사의 계급이지."

가벼운 갑옷을 입은 렌카가 중간부터 설명을 이어갔다.

"제도에 있는 다섯 군단은 신분이나 출신에 따라서, 백작가 이상의 상급 귀족에서 모인 '은응기사단', 자작 이하의 하급 귀족 출신인 '적호기사단', 제국에서 태어난 평민 계급 출신인 '청랑기사단', 외국에서 온 이민자나 해방 노예에서 모은 '흑룡기사단' 등 네 개로 나뉘어져 있다."

"네 개? 기사단 수는 다섯이 아닌가요?"

"마지막 하나는 신분이나 출신에 상관없이 실력만으로 선발되는 정예 부대로 '금사자기사단'이라고 한다. 황제 폐하의 명령만을 따르는 최정예 부대지."

덧붙여서 마을의 경비나 치안 유지에 대응하는 헌병은 영주의 관할이고, 황족 아래에 있는 다섯 기사단과는 지휘 계통이 별개라고 한다.

"그렇구나. 그런데 렌카도 기사 맞지? 그 다섯 기사단 중 어디에 소속된 건가?"

"렌카는 '금사자기사단'에 소속되어 있어요. 아바마마……, 황제 폐하의 명령에 따라서, 제 호위를 맡고 있어요."

"폐하의 명령이 없더라도, 나는 공주님께 충성을 맹세했지만!"

"금사자라면…… 가장 강한 거 아닌가. 렌카가?"

카임은 믿을 수 없다는 양 렌카를 바라보았다.

"렌카는 약하잖아. 어떻게 금사자라는 곳에 들어간 건데."

"나, 나는 약하지 않다! 카임 경이 무지막지하게 강할 뿐이다!"

약자 취급을 받자 렌카가 필사적인 기색으로 반론했다.

"자각이 없는 모양인데…… '백작급' 이상의 마물은 모험가나 베테랑 기사나 모험가가 파티를 결성해야 간신히 대처할 수 있을 만큼 강한 괴물이라고!! 단독으로 격파할 수 있는 인간은 제국에서도 영웅이나 괴물처럼 취급받는다고!!"

"그런가? 그럼, 렌카는 어느 정도로 강한데?"

"……나는 '남작급' 마물, 이를테면 오크나 하이 고블린 등이라면 단독으로 토벌할 수 있다. 하이 오크나 가고일 같은 '자작급'도 쓰러뜨릴 수 있기는 하지만 위태롭겠지."

"흐음……, 그런가."

가령 렌카의 실력이 마물로 따져서 '자작급'과 동격이라고 치고, 그만한 힘이 있으면 제국에서 최정예 기사단에 입단할 수 있다는 뜻이 된다.

카임은 단독으로 '백작급'을 위험 없이 퇴치할 수 있다. 그 이상의 등급에 대해서는 싸워본 적이 없어서 모르겠지만…… 적어도 '후작급'과는 호각으로 겨룰 수 있으리라.

"혹시…… 나는 터무니없이 강한 건가?"

"강하겠지."

"강하네요."

렌카와 밀리시아가 동시에 수긍했다.

카임 스스로도 자기가 강자라는 자부심은 있었다.

하지만 '권성'인 아버지가 그랬던 것처럼, 자신과 대등한 실력을 지닌 인간도 그 나름대로 있으리라고 생각했다.

'나도 그렇고, 아버지도 상당한 강자였지……. 뭐, 영웅이라고 불렸을 정도니까 강하다고는 생각했지만.'

"카임 경과 호각으로 싸울 수 있을 만한 인간은 제국에도 다섯 사람이 될락 말락 하는 참이다. S랭크 모험가인 '폭풍왕'과 '마검공주'. 최강의 기사라 칭송받는 '흑기사'. 미래를 아는 지고의 마술사 '천안(天眼)'……. 그 밖에 더 있었던가?"

"만약 카임 씨가 기사가 되었다면, 금세 기사단장 클래스까지 올라갈 수 있었겠죠. 충분한 공적을 세우면 귀족으로도 서훈되었을 거예요."

렌카에 이어서 밀리시아도 카임의 실력을 칭찬했다.

두 사람이 극구 칭찬하자, 카임도 썩 나쁜 기분은 아니었다.

"자기 힘으로 길을 개척해서 입신출세……. 남자로서는 동경하지."

"후훗……, 황녀인 저와의 결혼도 인정받을 수 있겠죠. 기대돼요."

"……그래서, 모험가 길드에 간다고 했지?"

카임이 은근슬쩍 탈선하던 이야기를 원래대로 되돌렸다.

"그렇죠……. 길드 마스터와 저는 면식이 없으니까 만나줄지는 몰라요. 그래도 시도할 가치는 있을 거예요."

밀리시아가 이야기를 흘려넘기는 것에 불만스러워하면서도 카임의 물음에 대답했다.

"그렇다면 서둘러 갈까. 모험가 길드……, 기대되는군."

카임은 어릴 적부터 모험가라는 직업에 동경을 품었다.

언젠가 모험가가 되어 온 세상을 여행하고 싶다……. 그렇게 꿈꾸었던 것이다.

'운 좋으면…… 모험가로 등록해 보는 것도 나쁘지 않겠어. 신

분증으로도 쓸 수 있을 테니 쓸모없지는 않겠지.'

짐을 꾸린 카임은 그렇게 가슴 설레면서 여관에서 나갔다.

제6장 모험가 길드

모험가 길드.

그것은 마왕 살해자급의 영웅이었던 카임의 양친도 소속했던 조직이자, 국가의 틀을 뛰어넘은 초독립기관이었다.

카임에게는 동경하는 장소. 한 번은 가보고 싶다고 소망하던 곳이기도 하다.

카임과 티, 밀리시아, 렌카. 네 사람은 마을 중앙에 있는 모험가 길드로 향했다.

그곳은 얼핏 보면 주점처럼 보였다. 입구는 스윙도어라 불리는 스프링식 문으로 되어 있었는데, 건물 내부에는 널따란 공간에 수많은 원형 테이블과 의자가 늘어서 있었다. 테이블의 각 곳에서는 갑옷이나 로브를 몸에 걸친 자들이 술병을 기울이고, 웅성웅성 떠들썩한 소음이 공간을 감싸고 있었다.

"오오……!"

길드 안에 한걸음 발을 들이자마자, 카임은 저도 모르게 감탄 어린 목소리를 흘렸다.

'여기가 사나이들의 거처……, 모험가 길드인가! 실력이 모든 것을 정하는 전사의 모임. 설마 여기에 오게 될 날이 올 줄이야!'

'저주받은 아이'로 매도 받으며 고향에 틀어박혀 있었을 적엔, 설마 자신이 모험가 길드를 방문하게 되는 날이 오리라고는 상상도 못 했다.

“카임 씨, 안으로 들어가요.”

“응……. 아아, 그래. 접수대로 가자.”

지극히 감격한 나머지 입구에 멀거니 서 있었던 카임의 등을 뒤에 있던 밀리시아가 찔렀다.

카임은 동료의 재촉을 받아 안쪽에 있는 카운터를 향해서 발걸음을 나아갔다.

길드에 들어온 카임 일행의 모습을 보고, 테이블에서 술병을 기울이던 남자들 사이에 술렁임이 일어났다.

“못 보던 얼굴인데 외지인인가?”

“흐음……, 좋은 여자잖아. 하룻밤 상대를 부탁하고 싶군.”

“남자 하나에 여자 셋이라니 마땅치 않군……. 빼앗아 주고 싶어져.”

여러 미녀를 거느린 카임의 등장에 여기저기의 테이블에서 시선이 집중되었다.

태반은 흥미와 질투의 시선이었지만, 실력을 평가하는 듯한 방심할 수 없는 눈길도 있었다.

접수 카운터에는 정장 차림을 한 여성이 서 있었다.

갈색 쇼트커트의 접수 안내원은 남성 하나에 여성이 셋이라는 드문 조합에 신기하다는 표정을 띠면서도, 금세 영업용 미소를 지으며 입을 열었다.

“모험가 길드에 오신 걸 환영합니다. 의뢰인가요, 아니면 모험가 등록인가요?”

밀리시아가 카운터 앞으로 나아가 입을 열었다.

"길드 마스터를 만나고 싶은데 뵐 수 있을까요?"

"길드 마스터를 말인가요? 약속은 잡으셨나요?"

"아뇨……, 잡지 않았어요."

"그렇다면 이름과 용건을 여쭤도 될까요?"

"이름은……."

밀리시아는 곤란한 기색으로 시선을 굴렸다.

본명을 대면 황녀라는 사실을 들키고 말지도 모른다. 안 그래도 이 자리에는 여러 사람이 있다. 덤으로 미녀 세 사람이 나타나자 남자 모험가가 술렁이기 시작해 이쪽의 상황을 엿보고 있었다.

"……사정이 있어서 이름은 밝힐 수 없지만 제도에서 왔습니다. 이야기 내용은 이쪽 편지에 적어 두었으니 건네주세요."

"네에, 편지인가요?"

접수 안내원은 이름을 대려고 하지 않는 밀리시아를 명백히 불신하고 있다.

"……그럼, 이 편지는 맡아두겠습니다. 하지만 길드 마스터는 바쁘신 분이라서 언제 답을 드리게 될지 모릅니다. 숙박 장소가 어딘지 알려주신다면 그쪽에 연락하겠습니다만?"

"그게…… 가능하면, 서둘러주셨으면 하는데요……."

"그렇다면 이름과 용건을 대세요. 내용에 따라서는 바로 보고하겠습니다."

"아……."

접수 안내원이 편지를 다른 서류 위에 아무렇게나 포개 놓고 말았다.

아무래도 그다지 중요한 물건이라고 인식하지 않은 모양이다.

'설렁설렁한 대응이로군……. 설마 이대로 편지가 버려지지는 않겠지?'

밀리시아가 신분을 밝히지 않으니 당연할지도 모르지만…… 만약 이 접수원이 카임 일행을 수상한 인물로 인식한다면, 편지를 길드 마스터에게 건네지 않고 처분할 우려가 있다.

"이봐, 밀리시아."

"……저도 알아요. 길드 마스터를 못 만날지도 모르겠네요."

카임이 귓가에서 속삭이듯이 묻자, 밀리시아도 작은 목소리로 응했다.

"가능하다면 제도 상황을 알고 나서 향하고 싶었지만…… 이 상태라면 포기하는 편이 좋을지도 몰라요."

길드 마스터를 면회하는 목적은 제도 상황을 알기 위해서였지만, 그러기 위해서 위험을 감수할 수는 없다. 수많은 시선이 있는 자리에서 신분을 밝혀 짊어지게 되는 불리함은 피할 수 없는 상황이다.

'어디까지나 정보수집은 '가능하다면'이라는 범위 내야. '꼭 필요'한 것도 아니고, 지금은 일단 물러설까?'

길드 마스터를 만나고는 싶지만 며칠이나 시간을 들일 만큼 느긋하게 있을 수는 없다.

이미 포레의 영주에게 밀리시아의 귀환을 들켰다. 밀리시아의 신병을 노리는 자가 움직이기 시작하지 않았다고 단정할 수도 없다.

밀리시아도 카임과 같은 의견이었던 모양인지 유감스럽다는 듯이 고개를 내저었다.

"어쩔 수 없네요……. 정보수집은 포기하고, 이대로 제도를 향해서……."

"이거 봐! 접수 아가씨를 곤란하게 하지 말라고!"

"못된 녀석들이야. 벌을 줘야만 하겠군! 햐핫!"

카임 일행은 물러서려고 했지만, 옆에서 들려온 탁한 목소리가 그들을 불러세웠다. 시선을 주자 낯선 삼인조 남자들이 서 있었다.

"갑자기 얼굴을 내밀고서 길드 마스터를 만나게 해달라니 예의가 아니잖아!"

"가까이서 보니 훨씬 더 미인이로군! 햐핫, 이 몸이 가슴이라도 주물러 줄까아?"

"……이 상놈들은 뭐냐."

렌카가 밀리시아를 보호하듯이 위치를 옮겨서 삼인조를 노려보았다.

남자들은 모두 검이나 갑옷으로 무장해 모험가라는 사실을 알 수 있었다. 거친 얼굴에는 히죽히죽 비열한 웃음을 띠었고, 시선은 여성 셋의 가슴이나 엉덩이를 향하고 있었다.

"어흥……, 기분이 나빠요. 너덜너덜 찢어주고 싶어져요."

"동감이다……. 이런 상놈들에게는 조금이라도 조련받고 싶다는 생각이 안 드는군."

티와 렌카가 불쾌한 표정을 지으며 서로 수긍했다.

"저, 저기…… 닉 씨? 손님께 시비를 걸면 곤란해요……."

"이거 참, 루시야아! 우리는 시비가 걸린 널 도와줬잖아! 감사받지는 못할지언정, 불평을 들을 이유는 없다고오!"

"그런 말씀을 하셔도……."

루시라 불린 접수 안내원이 거북하게 시선을 피했다.

"모험가끼리의 다툼은 자기 책임이지만, 이쪽 분들은 어디까지나 길드 마스터에게 면회를 요청하는 손님입니다. 소란을 일으키면, 그……."

"어어?! 이 몸이 민폐를 끼쳤다는 거냐아?!"

"힉……!"

남자 한 사람이 호통을 치자, 접수 안내원이 겁먹어서 목소리가 굳었다.

"……또 저 녀석들인가."

"'검은 사자'……. 최근 우쭐거리는군."

갑자기 생겨난 소동을 보고, 조금 떨어진 테이블에서 술을 마시던 모험가들이 소곤소곤 말을 나눴다.

"어쩔 수 없어. 저 녀석들은 승격해서 이 마을의 유일한 A랭크 모험가가 되었으니까."

"마을에서 나가도 곤란하니, 좀 못된 짓을 해도 관대하게 볼 수 밖에 없겠지……."

"인간성은 쓰레기지만, 저 녀석들의 실력은 진짜야. 엮이지 않도록 해둬."

카임이 마력으로 청력을 강화해 귀를 기울이자 그런 정보가 날아들어 왔다.

'어쩐지 세게 나오더라니. 접수 안내원도 섣불리 거스를 수는 없다는 건가.'

길드에 소속한 모험가의 등급은 위부터 A에서 E로 구분된다.

A랭크 위에는 S랭크도 존재하지만, 영웅급인 그들은 극히 인원수가 적기 때문에 일반적으로는 없는 것으로 간주할 때가 많다.

'확실히 강하기는 하지만…… 아버지 정도의 '압박감'은 느껴지지 않는군. 피라미는 아니지만, 그렇게까지 높게 평가할 만큼 뛰어난 실력으로는 안 보여.'

첫인상으로 미루어 짐작했지만, 그들의 실력은 기껏해야 '자작급' 마물을 쓰러뜨릴 수 있는 수준.

일반적인 모험가가 파티를 짜서 대처할 마물을 단독으로 쓰러뜨릴 수 있으니 강자임은 분명하겠지만, 싸워서 지리라는 생각은 조금도 들지 않는다.

"너희가 무슨 일이 있어도 길드 마스터를 만나고 싶다고 한다면, 그럴 가치가 있는지 우리가 판정해 주마!"

"……무슨 뜻인가요?"

렌카의 등 너머로 밀리시아가 묻자, 삼인조의 리더라 여겨지는 남자…… 접수 안내원이 닉이라고 불렀던 남자가 히죽 깊게 웃었다.

"우리와 모의전을 하자고. 만약 너희가 이긴다면, 길드 마스터를 만나게끔 다리를 놔 주지!"

"다만…… 지면 알고 있겠지? 햐핫!"

"실컷 귀여워해 주마……. 아침 해가 뜰 때까지."

"……역시 그게 목적이냐. 겉모습 그대로 쓰레기 자식들이로군."

카임이 불쾌함을 담아서 말을 내뱉었다.

삼인조는 시종일관 카임을 무시하고 밀리시아와 렌카, 티를 바라보고 있었다.

뭐든지 좋으니까 적당히 이유를 붙여서 그녀들에게 손을 대려고 하는 것이리라.

"……도발에 넘어가 줄 이유는 없군. 솔직히 때려눕혀 주고 싶긴 하지만."

"하지만…… 카임 씨, 이건 기회일지도 모르는데요?"

"밀리시아?"

밀리시아가 카임의 귓가에 슬쩍 말을 속삭였다.

"그들이 약속대로 다리를 놔 줄 거란 생각은 안 들지만…… 큰 소란이 벌어지면 길드 마스터도 나올 거예요. 관리하에 있는 모험가가 일반인인 우리에게 민폐를 끼치게 되면 '빚'이 생겨요. 그 대가로 제도의 정보를 캐낼 수 있지 않을까요?"

"……주인에게 버릇없는 개의 잘못을 책임지게 한다는 건가."

예상했던 형태는 아니지만…… 목적인 길드 마스터와의 면회를 달성할 수 있다.

그렇다면 빤히 보이는 도발을 받아들일 가치가 있을지도 모른다.

“게다가…… 렌카도 티 씨도 의욕이 넘치는 것 같은데요?”

“어흐으으으응……, 이제 참을 수 없어요. 처죽이겠어요!”

“나뿐만이 아니라 아가씨에게까지 천박한 말을……. 용서 못 한다, 처벌을 내려주겠다!”

의외로 카임보다도 이 두 사람 쪽이 다혈질이었던 모양이다.

이글이글 투지의 불꽃을 불태우며 완전히 싸울 기세가 되었다.

“뭐……, 이 녀석들이 그럴 마음이면 상관없겠네. A랭크 모험가의 실력이란 게 어떤지 보고 싶기도 하니까.”

생각해 보면 길드에서 베테랑 모험가에게서 시비가 걸리는 것도 상투적인 전개 아닌가.

‘어릴 적에 읽었던 책에도, 이런 게 쓰여 있었지……. 동경하는 시추에이션이 이뤄져서 잘됐잖아.’

카임은 자신을 납득시키듯이 마음속으로 타이르며, 삼인조 모험가와의 결투를 승낙했다.

○ ○ ○

“그럼…… 이번 모의전의 규칙에 관해서 설명하겠습니다.”

길드 뒤쪽에 있는 단련장에서, 접수 안내원이 머뭇머뭇 설명하기 시작했다.

단련장에는 카임과 티, 렌카 세 사람. 조금 거리를 두고서 ‘검은 사자’라 이름을 대는 A랭크가 대치하고 있었다.

비전투원인 밀리시아는 떨어진 곳에서 싸움을 지켜보고 있다. 그 밖에도 몇몇 모험가가 관전하고 있는데, 그중에는 술병을 한 손에 들고서 어느 쪽이 이기는지 내기를 하는 자도 있었다.

"이것은 어디까지나 실력을 겨루는 모의전입니다. 한쪽은 모험가도 아닌 분들이니, 상대를 죽이는 것은 당연하게도 금지. 높은 위력의 마법을 썼을 경우에도 반칙패로 간주하겠습니다. 전투는 3 대 3으로 치르고, 전원이 전투 불능이 되거나 항복한 쪽의 패배입니다."

접수 안내원이 카임 일행에게 고개를 돌렸다. 모험가도 아닌 일반인인 카임 일행에게 걱정이 가는 듯한……, 혹은 미안한 듯한 표정이었다.

"여차하면 중지시키겠습니다만…… 모쪼록 무리는 하지 마세요. 아무리 동의했다고는 해도, 일반인분들에게 큰 상처를 입히게 되면 책임 문제가 되어 버리니까요."

"조심하지. 참고로…… 우리가 저쪽에 큰 상처를 입히는 것엔 문제없겠지?"

카임이 농담조로 묻자, 접수 안내원은 어색하게 쓴웃음을 띠었다.

"문제가 될 것이 없시는 않지만…… 싸움을 걸어온 건 닉 씨 일행입니다. 규칙 위반만 안 하면, 어떤 결과가 되어도 불평할 수 있는 처지는 아니겠죠."

"그 말을 들으니 안심이야……. 자, 싸울까."

카임은 호전적인 웃음을 띠며, 조금 떨어진 곳에 있는 '검은 사자'를 관찰했다.

세 모험가는 옆으로 늘어섰는데…… A랭크에 이름을 올린 모험가인 만큼, 눈에 띄는 빈틈은 보이지 않았다. 중앙에 선 리더 닉은 대검을 든 검사. 맞은편 오른쪽의 남자는…… 가칭 수하 1 정도로 해두겠는데, 양손에 활을 들고 허리 벨트에는 대거를 찼다. 아마도 척후직을 맡고 있으리라.

문제는 왼쪽에 있는 수하 2. 이 남자는 금속 막대기 끝부분에 타원형 머리 부분이 달린, 이른바 '메이스'라 불리는 둔기를 들고 있었다.

"이상한 옷을 입고 있는데…… 저 녀석은 승려인가?"

자세히 들여다보니 수하 2가 입고 있는 옷은 승려가 입는 법의와 비슷했다.

무기인 메이스에도 종교 심볼 같은 별 마크가 새겨져 있어서 종교가라는 사실을 예상할 수 있었다.

"승려가 여자를 탐해서 결투하다니 제정신이냐고……. 터무니없는 파계승이잖아."

"카임 경, 저 각인은 '지크제론교'의 문장이다."

"지크제론교……?"

옆에서 렌카가 주석을 넣어줬다.

귀에 익지 않은 단어다. 카임이 아는 일반적인 종교…… '성령교'와는 다른 것일까?

"지크제론교는 제국부터 대륙 동부에 걸쳐 신앙되는 소수 종교다. 전설적인 영웅인 지크제론을 지존으로 삼아 숭배해, '무'

를 단련해 신의 영역에 이르는 것을 교의로 하고 있지."

"'무'를 단련한다니……. 꽤나 뒤숭숭한 가르침을 믿고 있군. 종교라기보다도 무술 도장이잖아."

"그래……, 그들은 강한 자야말로 정의라는 과격한 사상을 가지고 있어서, 강자는 약자에게서 재산이나 여자를 빼앗아도 용서받는다고 믿는 모양이다……. 요컨대 사교로군. 제국은 신앙의 자유를 인정하기 때문에 박해받지는 않지만, 몇 년에 한 번은 지크제론교의 신자가 좋지 않은 사건을 일으키니까 곤란하다."

"…………."

즉…… 결투를 이용해서 여자를 빼앗으려는 시도는, 이 승려에게 신의 가르침을 반하지 않는 옳은 행위라는 것이다.

여성을 힘으로 빼앗아 범하는 것 또한, 지크제론교에서는 긍정되는 것이리라.

"지극히 불쾌하기 그지없군……. 남에게 설교할 수 있는 처지는 아니지만."

카임은 여성 관계에 관해서, 다른 자를 책망할 수 없을 만한 짓을 하고 있다. '검은 사자' 세 사람을 이러쿵저러쿵 꾸짖을 자격은 없었다.

"그래도 물론, 져 줄 마음은 없어. 걸어온 싸움이니 지겹다고 할 만큼 받아주겠다!"

"그래요! 카임 님의 여자인 우리에게 손을 대려 하다니 백 년은 일러요!"

"쓰레기놈들을 처단하는 것도 기사의 역할. 발칙한 사내놈들을 벌해주겠다!"

카임이 선언했고, 티와 렌카가 투지를 드러내며 그에 따랐다.

"그럼, 결투를 시작하겠습니다. 양측 모두 제자리에…………
시작!"

접수 안내원이 싸움 개시를 선언했다.

삼인조 베테랑 모험가가 일제히 덮쳐오고, 카임 일행은 그것을 맞받아쳤다.

우선 움직인 이는 '검은 사자'의 척후직인 수하 1.

그는 활을 재빠르게 당겨 카임을 겨냥해 화살을 쏘았다.

짧은 활로 쏜 화살이 카임의 다리를 노려서 날아왔다. 상대를 죽이지 말라는 규칙을 지켜서 다리를 노린 것이다.

'흐음……, 쏘는 게 대단히 빠르군. 놀랐어.'

카임은 감탄하면서 다리에 날아온 화살을 짓밟아 멈췄다.

"하앗! 간다아!"

"오?"

하지만…… '검은 사자'의 공격은 끝나지 않았다.

파티 리더인 닉이 대검을 크게 들어 올리며 지면을 박차고 베러 달려든 것이다.

"중량급 무기를 들고서 이 속도라니……. 과연, A랭크 모험가라는 건 겉멋이 아닌 모양이구나."

"카임 님!"

"문제없어, 이쪽은 맡겨라."

소리치는 티에게 대답하며 카임은 상대가 내리친 대검을 맨손으로 받아냈다.

"투귀신류——【현무】."

국지적으로 마력을 집중시켜 방어력을 끌어올림으로써, 그 나름대로 무겁고 날카로운 대검의 일격을 상처 없이 방어했다.

"아니?! 내 일격을 맨손으로 받아냈다고?!"

"놀라기는 이르다고, A랭크 모험가."

카임은 대검을 받아 세운 채, 순간적으로 마력을 방출해서 상대의 몸을 튕겨버렸다.

"【뱀】."

"으아악?!"

카운터 일격을 먹은 닉이 날아가 지면을 굴렀다.

엉겁결에 낙법을 취해 곧바로 몸을 일으킨 것은 그 나름대로 여러 싸움을 거쳐왔기 때문이리라.

"칫……. 네놈, 이 몸에게 무슨 짓을 한 거냐?!"

"핫! 무슨 짓을 당했는지도 모른다면, 그대로 굴러다니고 있는 편이 나았을 텐데!"

"뭐라고?!"

산뜩 분노해 외치는 닉을 보고, 카임은 비웃듯이 냉소를 띠었다.

투귀신류에서 기본 형태인【현무】는 방어에 특화한 기술이다. 몸의 일부에 압축 마력을 집중시킴으로써 방어력을 폭발적으로 끌어올리는 것이다.

동시에 이 형태에는【뱀】이라는 이름의 카운터 기술이 존재했다.

공격을 받아낸 직후, 방어에 사용하던 마력을 터뜨림으로써 상대에게 충격을 준다……. 이것이【뱀】이다.

등껍질로 공격을 받아내, 꼬리의 뱀으로 물어뜯는다…….【현무】가 뱀의 꼬리를 가진 거북이 모습을 한 신수이기 때문이다.

"제기랄! 내 검을 받아낼 줄이야……. 단순한 피라미는 아니었던 거냐?!"

"그런 거지………. 답례다!"

"그으으으으으윽?!"

카임이 미끄러지는 것 같은 발놀림으로 거리를 좁혀서 추가로 공격했다. 닉의 몸체를 걷어차 날리고, 더 나아가 후방으로 물러나게 했다.

그대로 또 한 발 때려 넣어 주려고 했지만…… 좌우에서 두 사람의 수하가 동시에 공격을 걸어왔다.

"키에에에에에에에에에에에엣!"

왼쪽에서 덮쳐 온 이는 법의를 입은 수하 2.

금속 메이스를 상단으로 겨누고서 카임을 후려치려고 했다.

"받아라!"

오른쪽에서 돌아 들어온 이는 수하 1.

단시간에 카임의 사각으로 들어와 다시 화살을 쏘았다.

"그렇게는 못 해요!"

"하앗!"

하지만 닉에게 두 수하가 있듯이 카임도 한 사람은 아니었다.

왼쪽에서 오는 메이스를 티가 삼절곤으로 튕겨 날리고, 오른쪽에서 오는 화살을 렌카가 검으로 베어 떨어뜨렸다.

"카임 님, 이쪽은 맡겨주세요!"

"카임 경에게만 멋진 활약을 하게 두진 않아. 기사의 면모를 보여주지……. 오명은 반납이다!"

"그래, 그쪽은 맡기겠다."

티와 렌카가 각각의 적을 향해 가고, 카임은 자신이 날렸던 닉을 쫓아갔다. 일대일 구도가 셋 생겨나 각각의 싸움이 시작되었다.

"오옷?!"

"저 여행자들은 정체가 뭐냐?!"

"강하잖아! '검은 사자'와 호각으로 겨루고 있다고!!"

주위에서 관전하던 모험가들에게서도 열광이 터져 나왔다.

그들 대부분이 '검은 사자'가 압승하리라 믿고 있었다. 그 예상이 손쉽게 뒤집히자 놀라움에 흥분이 끓어오른 것이다.

"정말로 모험가가 아닌 건가?! 속았다고!"

"모험가가 아니라면, 이름난 기사일지도 몰라!"

"젠장할! 저쪽에 걸 걸 그랬어!"

"거기다, 해치워 버려! 하핫, '검은 사자' 놈들은 성격이 고약하니까 싫어했어! 그대로 때려눕혀 버려라!"

쏟아지는 모험가들의 노호와 환성을 받으며, 카임 일행은 각각의 적과 마주했다.

"콜록, 콜록콜록……. 애송이가, 되는대로 걷어차다니……!"

"괴로워 보이는데 항복할 테냐?"

카임이 배를 걷어차여 기침하는 닉에게 말을 걸었다.

닉이 증오를 담은 눈동자로 성큼성큼 빈틈투성이로 접근하는 카임을 올려다보았다.

"네놈……, 깔보지 마라! 누가 항복하겠냐!"

"흐음……, 역시나 터프하군. 역시 모험가 랭크는 장식이 아닌 건가."

카임이 감탄하면서 턱을 쓰다듬었다.

규칙상, 죽일 생각은 없긴 했지만…… 나름대로 힘을 줘서 찼다. 내장 파열까지는 아니더라도, 한동안은 움직일 수 없을 만큼 강한 힘을 실었는데.

하지만 닉은 배를 누르면서도 일어나, 대검을 들어 올리고 자세를 잡았다. 전의는 쇠퇴하지 않았고 대미지도 경미한 모양이다.

'……솔직히, 나도 이 모험가들을 얕보고 있었을지도 모르겠군.'

신입 모험가나 의뢰인에게 시비를 거는 무뢰한 따윈 삼류. 자존심만 높을 뿐 실력이 따라가지 않는 피라미라고 단정 지었다.

하지만…… 이 세 사람의 연대는 훌륭하다. 한 사람 한 사람의 전투 능력 역시 A랭크 모험가로서 부끄럽지 않을 만한 실력이다.

"쓰레기 같은 언동으로 판단해서 미안하군……. 나도 슬슬 진지하게 싸우도록 하지."

카임은 기합을 다시 넣고서 닉과 마주했다.

"다른 두 사람은 내 동료가 처리해 줄 테니…… 너는 내가 쳐부숴 주마. 힘껏 저항해 보라고."

"빌어먹을……. 건방진 소리를 지껄이는군! 여자를 데리고 다니는 애송이를 살짝 놀려줄 생각이었는데…… 이제 그만뒀다! 제 실력을 내는 건 바로 이 몸이다. 분수를 모르는 애송이에게 연장자를 향해 경의를 표하는 법을 가르쳐주마!"

닉이 몸을 일으켜서 대검을 겨누었다.

카임에게 향한 시선에는 강한 적의의 투지가 깃들어 있었다.

온몸에서 뿜어 오르는 마력의 오라. 아무래도 제 실력을 낸다는 말은 허세가 아니었던 모양이다.

"좋다……, 와라!"

카임 또한 닉을 향해서 주먹을 겨누며 온몸에 압축 마력을 둘렀다.

모의 실전 제2막.

이제부터가 진정한 싸움의 시작이다.

○ ○ ○

카임과 닉이 진지하게 마주하는 한편.

살짝 떨어진 곳에서, 다른 두 팀 또한 치열한 싸움을 펼치고 있었다.

"야압!"

"제기랄! 이 여자, 상당히 재빠르잖아?!"

렌카가 가느다란 검으로 참격을 펼쳐 수하 1을 몰아넣고 있었다.

아까 전까지 활과 화살을 사용하던 수하였지만, 렌카에게 거리가 좁혀지자 활을 놓고 양손에 대거로 바꿔 쥐었다.

"훗! 핫! 야압!"

렌카의 무장은 세검이 한 자루. 수하 1은 대거가 두 자루. 숫자만으로 따지자면 수하 1쪽이 위다.

하지만…… 렌카는 교묘한 움직임으로 상대에게 반격의 기회를 주지 않고서, 일방적인 방어전 상태로 몰아넣었다.

"이게…… 계집 주제에 제법이잖아! 넌 얌전히 엉덩이나 흔들면 된다고!"

렌카의 참격을 종이 한 장 차이로 막으면서, 수하 1이 분하다는 듯이 욕지거리를 했다.

일찍이 렌카는 도적에게 당해서 주군을 위험에 노출시키고 말았지만, 실제로 약한 것은 아니었다.

카임 같은 괴물에 비교하면 아무래도 뒤처질 뿐, 인원수의 차이만 없으면 A 랭크 모험가에게도 뒤떨어지지 않는 실력자다.

"제기랄! 제기랄! 여자 주제에 건방지다고!"

"여자라고 방심하지 마라……. 빈틈이다!"

"윽……?!"

렌카의 일격이 수하 1의 어깨를 찢었다. 결코 상처가 깊지는 않지만…… 그래도 부상은 부상이다. 수하 1은 안면을 일그러뜨리며 상처를 억눌렀다.

"빌어먹을! 상처를 냈겠다, 이 계지이이이이이이이입!"

수하 1이 분노에 몸을 맡기고 외쳤다.

격이 다르다고 얕보았던 상대……, 그것도 성욕 배출구로써 추잡한 정욕을 품었던 여자에게서 대미지를 받아서 머리에 피가 오른 모양이다.

원래 수하 1은 아처이자 시프. 거리를 벌리고 하는 기습이나 척후가 특기인 타입의 모험가라, 근접 전투는 특기가 아니었다.

이렇게 거리가 좁혀지면 아무래도 약하다. 수하 1의 초조함을 틈타서, 렌카가 여봐란듯이 공격을 퍼부었다.

"이번에는 이쪽이다! 야압!"

"윽……!"

이번에는 칼끝이 허벅지를 찔렀다.

치명상은 아니지만, 이로써 척후직의 특기인 기민한 발놀림을 봉인당했다. 이미 승부는 결정된 것처럼 보였다.

"이…… 우쭐거리지 말라고, 빌어먹을 계집이?!"

"크윽……?!"

하지만…… 수하 1이 예상 밖의 반격에 나섰다.

왼손에 든 대거를 내던지더니, 허리에 달린 소형 가방에서 꺼내든 작은 병을 집어 렌카를 향해 던진 것이었다.

렌카는 검으로 병을 막았지만…… 깨진 병에서 녹색 가루가 피어올라 안개처럼 뿌옇게 렌카를 뒤덮었다.

"이건 설마…… 독인가?!"

렌카는 갑작스러운 졸음기에 자세를 휘청 무너뜨리고, 단련장에 한쪽 무릎을 꿇었다.

살짝 들이마시고 만 녹색 가루는 수면 작용이 있는 독약이었으리라. 그녀는 몸이 무거워지고 의식이 멀어져 가는 감각을 느꼈다.

"핫핫햐! 꼴 좋게 걸려들었구나?!"

"아! 비겁하다!"

"그래도 A랭크 모험가냐! 정정당당하게 싸워라!"

수하 1이 비겁하게 싸우는 모습을 보고, 주위의 관객에게서도 야유가 날아왔다.

"시끄러워! 독을 써서는 안 된다는 규칙은 없었잖아?! 관객은 입 다물고 있어라!"

수하 1이 주위의 야유에 호통으로 응답했다.

분명히 심판 역할을 맡은 접수 안내원은 '독을 쓰지 말라'라고 말하지는 않았다.

하지만…… 그것은 결코 독극물 사용을 인정한 것이 아니라, '그런 것을 쓰는 일은 있을 수 없다'라고 예상했기 때문에 명언하지 않았을 뿐이다.

애초에 이 싸움은 A랭크 모험가인 '검은 사자'가 압승할 예정이었다. 카임 일행은 일반인. 모험가조차 아니니까, 접수 안내원이나 관객 모험가가 그렇게 생각하는 것은 당연하다.

그런데…… 뚜껑을 열어보니, '검은 사자' 쪽이 궁지에 몰리고 있었다. 절대로 쓰지는 않으리라고 생각해 규칙으로 명언하지 않았던 독극물까지 꺼내 쓸 만큼.

"…………."

접수 안내원은 심각한 표정으로 입을 다물었다.

규칙상 위반은 하지 않았지만, 명백히 수하 1의 행동은 도가 지나치다. 끼어들어 말려야 한다고 판단해 한 걸음 앞으로 나섰다.

하지만…… 접수 안내원이 제지의 말을 꺼내기도 전에 쉽사리 결판이 나고 말았다.

"핫핫하…… 끄악?!"

"빈틈이다아아아아아아아아아아아!"

적을 감쪽같이 독에 침식하게 만들고 웃었던 수하 1을 향해, 렌카가 날카롭게 베러 들어갔다.

그녀는 한쪽 무릎을 꿇은 상태에서 다리의 탄력을 이용해 앞쪽으로 발을 내디뎌, 그대로 수하의 가슴 부분을 베어 찢었다.

"아야아아아아아아아아아아아앗?! 어, 어째서 움직일 수 있는 거냐아아아아아아아아아?!"

수하 1이 아픈 나머지 지면을 구르며 울부짖었다.

몸에 걸친 가죽 갑옷 덕분에 치명상을 피하기는 했지만, 한 걸음만 더 가면 즉사였으리라. 명백히 전투 불능의 큰 부상이다.

"후우……, 아무래도 내 승리인 모양이야. 승부가 났구나."

렌카가 쓰러진 적을 내려다보며 승리를 선언했다.

두 개의 다리로 굳건히 선 렌카에게는 졸음기도 휘청거림도 없었다. 독의 효과는 전혀 보이지 않았다.

"네, 네놈……. 속였구나?! 이 비겁한 년이, 독을 마시지 않았는데 약효가 난 척을 했구나?!"

수하 1이 자신의 소행은 제쳐두고서 울부짖었다.

렌카는 검을 가볍게 흔들어 피를 털고는 검집 안에 칼날을 넣었다.

"독은 마셨다. 효과도 있었다. 하지만…… 아무래도 소량이라 효과가 약했던 모양이군. 잠시 졸음기가 덮쳤지만, 금세 좋아졌는데?"

"그런 말도 안 되는……. 1밀리그램으로 오거도 잠재우는 독이었는데……!"

수하 1이 괴롭게 신음했다.

렌카는 알아채지 못했지만, 그녀는 확실히 독을 마시고 말았다. 금세 효과가 사라진 이유는 렌카가 독에 대한 강한 내성을 얻었기 때문이다.

어떤 종류의 약물을 계속 복용하는 인간은 다른 약물에 대해서 저항력을 획득해서 효과가 나기 어려워질 경우가 있다.

렌카는 '독의 왕'인 카임의 체액을 몇 번이고 몸에 받아들여서 중독 상태를 일으킴과 맞바꿔서, 다른 독물에 대해서도 강한 내성을 얻었던 것이다.

살점이나 뼈를 융해시킬 만한 무척 강력한 독약은 예외로 쳐도, 수면약 정도라면 체내에서 금세 분해되어 무효화되고 만다.

"으윽……, 젠장할……."

접수 안내원의 지시를 받은 모험가가 들어와서, 전투 불능이 된 수하 1을 실어 단련장에서 나갔다.

끌려나가는 수하 1을 보고…… 렌카는 만족스럽게 고개를 끄

덕였다.

"이로써 기사의 명예 회복이다. 아가씨께 승리를 바칠 수 있었군!"

"렌카—!"

단련장 끄트머리에서 밀리시아가 손을 흔들었다.

렌카도 싱긋 웃으며 경애하는 주군에게 손을 흔들어 주었다.

○ ○ ○

"으음! 으음! 으음! 으음! 으음! 으음! 으음! 으음!"

수하 2가 종횡무진으로 메이스를 휘둘러대며, 티에게 강렬한 공격을 때려 넣었다. 티는 삼절곤으로 능숙하게 타격을 방어하고 있었다.

법의를 입은 수하 2는 금속제 메이스를 가볍게 휘둘러, 무겁고 강한 공격을 몇 번이고 쏟아 넣었다.

그 힘과 속도는 범상치 않다. 웬만한 전사라면 흘려 넘기지조차 못하고서 무기와 함께 짓눌리고 말 것이다.

"크으으으으으으윽! 가느다란 몸인데도 그 완력. 그 인내! 여자라고는 여길 수 없는 솜씨로구나! 훌륭하도다!"

"그쪽은 겉만 번드레해서 유감이에요! 곤봉을 휘두르는 데도 여자 한 사람 짓뭉개지 못하다니, 멋진 근육은 장식인가요?!"

"제멋대로 지껄이는군! 하지만…… 좋다!"

티의 도발에 수하 2가 유쾌하게 웃었다.

“소승은 건방진 여자를 굴복시키는 걸 무척 좋아한다! 무예를 조금 익힌 것 가지고 우쭐거리는 계집애를 깔아 눕히고, 힘으로 범해 아이를 배게 하는 게 소승에게는 더할 나위 없는 기쁨이다!”

“기분 나빠요! 당신, 정말로 승려인가요?!”

티가 기겁한 기색으로 묻자, 수하 2는 “하핫!” 하고 목을 울리다시피 웃었다.

“내가 받드는 신의 가르침에 따르자면, 강한 남자는 여자를 멋대로 임신시켜도 허용된다! 강자의 아이를 낳아서 강인한 피를 후세에 남기는 것이야말로 여자의 숙원이자 의무다! 사랑이니 연애니 하는 얄팍한 감정을 초월한, 생물로서의 올바른 존재 방식이다!”

수하 2가 여성의 존엄을 짓밟는 듯한 지론을 외치면서, 금속제 메이스를 티의 삼절곤에 때려 박았다.

목제 막대기가 ‘삐거덕’ 불길한 소리를 냈다. 이대로 정면에서 공격을 받았다간 무기 쪽이 못 버틸 것 같았다.

“흥……, 제멋대로인 이론으로 억지를 부리네요……. 뭐, 티는 그렇게까지 틀렸다고 생각하진 않지만요.”

수많은 여성 입장에서 반감밖에 품지 못할 수하 2의 이론이었지만…… 의외로 티는 그것을 이해했다.

『강한 남자가 많은 여자와 자손을 남겨야 한다. 약자는 짓밟아도 허용된다.』

그것은 수인이자 전투 민족으로 태어난 티에게는 받아들이기 쉬운 이상이다.

자연계에서는 약육강식……. 강한 자가 정의라는 생각은 당연하다는 듯이 통용된다. 법의 눈이 닿지 않는 인간 사회의 어둠에서도 마찬가지다.

수하 2의 말은 대체로 옳다. 틀렸다고 한다면 단 한 가지.

의기양양하게 메이스를 휘두르는 그 남자가, 티에게는 아이를 배어 줄 만한 가치가 없는 약자라는 점뿐이다.

"하지만…… 유감이에요. 티의 배에는 이미 선약이 있어요. 네 나약한 씨앗 따위는 필요 없어요!"

"윽……?!"

티가 맹공의 틈새를 누비고 들어가, 수하 2의 복부에 삼절곤을 때려 넣었다.

삼절곤의 끝부분이 위가 있는 부위를 직접 찌르자, 통렬한 통증과 토기가 수하 2의 몸을 덮쳤다.

"콜록……, 콜록콜록……. 이게, 잘도……!"

"티를 밀어 넘어뜨려도 좋은 건 이 세상에 단 한 사람. 누구보다도 강하고, 그리고 다정한 카임 님뿐. 삼류 근육 오뚝이는 꿈도 꾸지 말라고요!"

티가 삼절곤을 휘둘러대며 반격에 나섰다.

아까 전과는 정반대의 구도. 이번에는 티가 수하 2에게 맹공을 쏟아부었다.

"으…… 크으으으으으으으으으으으으으으으으으으윽?!"

"어흥! 어흥! 어흥! 어흥! 어흥! 어흥! 어흥! 어흥!"

머리 부분, 어깨, 가슴, 배, 다리. 온몸의 온갖 곳에 삼절곤을 때려 넣었다.

수하 2도 메이스를 들어서 방어하려고 했지만, 마치 생물 같은 삼절곤의 움직임에 따라가지 못해서 점점 대미지가 쌓이고 말았다.

삼절곤은 특수한 형태를 보면 알 수 있듯이 무척이나 다루기 어려운 무기다. 하지만…… 터득하면 때로는 단순한 날붙이 이상의 힘과 속도를 만들 수 있게 된다.

연결된 봉이 회전하는 원심력에서 생겨나는 타격력. 기괴한 원운동은 포착하기 어렵고, 상대를 농락시키는 효과도 있었다.

수세로 돌아서면 약한 무기이기는 하지만, 공세에 나섰을 때는 상대에게 반격의 틈을 주지 않는 연속 공격을 만들어 낼 수 있는 것이다.

"크으으으으으으으으윽……. 이, 계집이이이이이이이이이이이이이이이!"

수하 2는 자포자기 공격에 나섰다.

육체를 마력으로 강화해서 방어력을 높이고, 온몸의 힘을 실어서 메이스의 일격을 내지른 것이다.

죽음을 각오한 일격엔 방어를 뚫고도 뼈를 부술 위력이 실려 있어, 제아무리 호인의 완력이라고 해도 받아낼 수 없을 수준이었다.

"어흥!"

하지만…… 티가 예상 밖의 행동에 나섰다.

수하처럼 자포자기 공격에 나선 것은 아니다. 그저…… 손에 들었던 삼절곤을 '휙' 던져 버렸다.

"으음……?!"

빙글빙글 공중을 회전하는 삼절곤. 수하는 저도 모르게 그쪽에 시선을 빼앗기고 말았다.

그리고…… 눈을 되돌렸을 때는 티의 모습이 홀연히 사라져서, 메이스도 허공을 갈랐다.

"아니……, 어디로 갔지……?!"

"아래예요."

"으……?!"

수하가 몸을 튕기듯이 시선을 내렸다.

마치 지면을 미끄러지다시피 해서 티가 메이스 공격을 재빠르게 빠져나가, 수하 2의 품속으로 파고 든 것이다.

다음 순간, 티의 양손이 울부짖었다.

"어흐으으으으으으으으으으으으으으으응!!"

티가 펼친 기술은 무척이나 단순했다. 양손의 손톱을 이용한 할퀴기 공격.

티의 손가락이, 손톱이 수하의 안면을 몇 번이고 몇 번이고 반복해서 찢었다. 새빨간 선이 무수히 새겨져 갔다.

"끄아아아아아아아아아아아아아아아악?!"

수하 2가 아픈 나머지 절규를 질렀다.

단순한 손톱이라고 얕보지 마시라. 티는 호인. 인간이면서 호랑이의 속성을 겸비하는 것이다. 날카롭고 뾰족한 손톱에는 나이프와 동등한 날카로움이 있다.

덤으로 티는 양손에 마력을 집중시켜서 악력과 손톱의 강도를 올렸다.

카임의 투귀신류에는 미치지 못하지만, 마력으로 강화된 손톱 공격은 여간하지 않다. 두꺼운 암반을 잘게 다질 만한 큰 위력이 있었다.

"끄아아아아아아아아아아아아아아아아악?! 눈이, 눈이이이이이이이이이이이이이이이이?!"

수하 2는 안면에서 대량의 피를 흘리며 지면을 굴렀다.

치명상까지는 아니지만, 티의 손톱이 안구에도 깊은 상처를 새겼다. 설령 마법으로 치료한다고 해도 완전히 치유할 수는 없을 것이다.

"훗……, 악은 스러졌어요. 여태까지 상처 입혀온 여자들에게 지옥에서 사죄하도록 해요!"

티는 가슴을 펴고서 승리를 선언하고, 양손에 묻은 피를 손수건으로 닦아냈다.

안구에 입은 상처로 빛을 잃은 남자는 전사로서의 생명이 끊어지게 되어, 두 번 다시 환장하는 여자를 안는 일도 없었다.

○ ○ ○

렌카와 티가 각각의 적을 격파하고, 남은 것은 한 사람. 파티 리더인 닉이라는 이름의 모험가가 남았을 뿐이었다.

"자, A랭크 모험가님! 꼴사나운 싸움은 보여주지 말라고!"

"당연하지! 뒈져라!"

닉이 대검을 높이 치켜들고서 큰 소리를 내며 도발하는 카임을 베려고 덤볐다.

펼친 참격은 카임의 머리 부분을 노렸다. 명백히 죽일 의도인 일격. 살인을 금지하는 규칙을 대놓고 무시하고 있다.

"이것 참, 무섭네……. 하지만 제 실력을 내주는 건 고마워."

대검의 일격을 최소한의 움직임으로 회피하면서 카임이 쓰게 웃었다.

카임이 이 결투를 받아들인 이유는 일행인 여성 세 사람이 응할 마음을 먹었기 때문이다. 하지만…… 카임 또한, 동경하는 모험가. 그중에서도 A랭크라는 높은 레벨의 실력을 갖춘 상대와 싸울 수 있는 것에 기대를 부풀리고 있었다.

"부디, 기대를 배신하지 말아 달라고. 조금이라도 즐겁게 해줘!"

"멋대로 지껄여라! 죽어라!"

"어?"

닉이 들고 있던 대검이 점차 창백한 안개로 뒤덮였다.

몇 미터 떨어진 곳에 있는 카임이 있는 곳까지, 서늘하게 등줄기를 떨리게 할 만한 냉기가 전해져왔다.

"꼬치로 만들어 주마……, 【아이스 불릿】!"

"오옷?!"

"받아라!"

닉이 가로로 검을 휘두르자, 1미터 정도 되는 길이의 얼음 기둥이 카임을 노려서 날아왔다. 카임은 끝부분이 뾰족한 고드름을 아래에서 걷어 차올려서 부쉈다.

"마검……. 아니, 마법을 검에 두른 건가?!"

아마도 닉은 검술과 마법을 병용하는 마법검사였던 것이리라.

모험가 중에는 검사와 마법사가 여럿 있지만, 양쪽 능력을 다 쓸 수 있는 인간은 많지 않다. 성격은 어쨌거나…… 닉은 모험가로서 충분한 실력을 갖춘 인간인 모양이다.

"끝나려면 아직 멀었다고, 【아이스 필드】!"

닉이 대검을 지면에 때려 박았다.

동작이 큰 일격은 물론 카임에게 명중하지 않았지만……. 그 검 끝에서 격렬한 냉기가 뿜어져 나와 지면을 얼어붙게 했다.

"……!"

카임의 발치가 얼어붙고, 신발과 바지가 얼음에 절어 움직임을 봉인당하고 말았다.

"……대단하군. 입만 산 남자가 아니었던 건가."

닉의 실력을 목격하고서, 카임은 소리 높여 칭찬했다.

발이 얼어붙어서 움직임을 봉인당하기는 했지만, 카임은 위기감보다도 기쁨이 더 강했다. 동경을 품고 있던 직업, 모험가. 그 실력이 입만 산 가짜가 아니었다는 사실이 솔직하게 기뻤던 것이다.

"칫……, 여유 부리기는. 상황을 모르는 거냐?!"

카임의 속마음을 모르는 닉이 크게 혀를 찼다.

몸을 옴짝달싹 못 하는 상황에 몰리고도 여전히 웃음을 띠는 카임에게 바보 취급당했다고 느낀 것이리라.

“그런 상태에서 아까 전처럼 회피할 수 있을 리가 없을 텐데! 온몸에 구멍을 뚫어 주마!”

닉이 대검을 치켜들자, 주위에 수십 개의 얼음 기둥이 출현했다. 날붙이 같은 끝부분은 똑바로 카임을 향하고 있었다.

“꿰뚫어라……, 오의【아이스 샷건】!”

“기, 기다리세요! 그건 지나쳐요……!”

닉이 마법을 해방시켰다. 심판 역할을 맡은 접수 안내원이 너무 늦은 제지의 말을 꺼냈지만…… 그에 개의치 않고 수십 개의 얼음 기둥이 카임을 노려서 날아갔다.

이대로 가만히 있으면 카임의 몸은 얼음 기둥에 꿰뚫려서 구멍투성이가 되고 말 것이다. 가만히 있으면 그렇다는 얘기지만.

“멋진 공격이다……. 하지만 그걸로 죽을 내가 아니지!”

투귀신류·기본 형태——【현무】.

카임은 몸의 전면에 압축한 마력을 집중시켜서 방어력을 극한까지 강화했다.

뾰족한 얼음 기둥이 차례차례 몸에 맞았지만…… 얇은 피부 한 꺼풀조차도 찢지 못하고서 손쉽게 튕겨 산산이 부서졌다.

“아니?! 마, 말도 안 돼!!”

“답례다……,【기린】!”

상처 없는 대전 상대의 모습을 보고 아연실색하는 닉을 노려서, 카임이 주먹을 내질렀다.

회전하는 마력의 덩어리가 탄환처럼 방출되어 닉의 배에 기세 좋게 부딪쳤다.

"으어억?!"

약하게 쏜 덕분에 배를 관통하지는 않았지만, 내장이 파열되는 위력의 타격을 받고서 닉은 날아갔다.

날아간 닉은 몇 번이고 지면을 구르고는 벽에 부딪혀 정지했다. 죽지는 않은 모양이지만 의식을 완전히 잃었다.

"내 승리다……. '상대를 죽여서는 안 된다'라는 결투 규칙은 지켰군. 내가 진심이었다면 죽었을 거라고."

쓰러진 닉을 향해 손가락을 가리키며, 카임은 승리를 선언했다.

티, 렌카의 싸움도 각각 끝났다. '검은 사자'라 이름을 대는 모험가 파티는 전부 당했으니, 승패는 정해졌다.

"어, 그러니까…… 이, 이쪽 분들의 승리입니다!"

생각지도 못한 결과에 깜짝 놀라던 접수 안내원이 뒤늦게 선언했다.

주위 관객에게서 술렁임이 일어나고, 이윽고 그것은 갈채의 외침으로 바뀌었다.

○ ○ ○

"이, 이쪽으로! 이쪽으로 와주세요!"

'검은 사자'와 벌인 결투에 승리해 힘을 보인 카임 일행이었지만…… 그대로 '잘됐군, 잘됐어' 하고 끝나지는 않았다.

접수 안내원이 잡아끌다시피 해서 카임 일행을 길드 응접실로 이끌고 갔다.

응접실에 놓인 소파에 카임과 밀리시아가 나란히 앉고, 티와 렌카는 본인들의 희망에 따라 종자로서 소파 뒤에 섰다.

"이제 곧, 용건이 있어서 외출했던 길드 마스터가 돌아오실 겁니다! 그때까지 부디, 이쪽에서 기다려 주세요! 부디, 모쪼록!"

"아아, 그건 별로 상관없지만……."

"곧 차를 내올게요?! 다과는…… 그러니까, 달콤한 계열과 짭짤한 계열 중 어느 게 좋으신가요?! 그게 아니면 시큼한 계열인가요?!"

"……달콤한 계열로."

카임은 어째서인지 당황한 듯한 접수 안내원에게 일단 당분을 요구했다.

접수 안내원은 카임의 대답을 듣고 "알겠습니다~!"라고 말을 길게 늘여 외치면서 응접실에서 나갔다.

"……어째서 저렇게 당황하는 거지?"

"글쎄요……, 모르겠어요."

카임과 티가 얼굴을 마주 보며 고개를 갸우뚱했다.

"아마, 우리가 결투에 승리해서 힘을 보였기 때문이겠지."

두 사람의 의문에 렌카가 대답했다.

"모험가 길드는 실력을 자랑하는 거친 자들이 모이는 곳이다. 당연하게도, 거기에는 힘이 무엇보다도 중시되지. 강하기만 하면 소행에 문제가 있어도 봐주는 일이 많고, 주위에서도 경의를 보낸다."

"아아……, 그래서 그런 문제아가 거만하게 굴었던 건가."

"하물며 여기는 사자의 나라인 가넷 제국이다. A랭크 모험가를 타도할 수 있을 만한 실력자라면 귀족으로 서훈될 가능성도 있으니, 저렇게 황송해했던 거겠지."

"그렇구나……. 요컨대 아첨을 떨었던 건가."

그 접수 안내원 처지에서 보면 처세도 있었으리라.

접수 안내원은 카임 일행이 '검은 사자'에게 시비가 걸렸을 때, 그들을 타일렀을 뿐 적극적으로 말리는 행위를 취하지 않았다. 그것은 상대가 이 지부에서 제일가는 실력자인 A랭크 모험가였기 때문에 어쩔 수 없는 일이기는 했겠지만…… 카임 일행이 그것을 받아들일 수 있을지는 별개의 문제다.

만약 카임 일행이 귀족으로 서훈된 뒤 이번 건에 대해서 보복 행위에 나설 경우, 접수 안내원은 무언가 책임을 지게 될 가능성이 있었다. 힘껏 아첨해서 조금이라도 카임 일행의 심기를 풀어두고 싶은 것이리라.

"오래 기다리셨습니다! 차를 가지고 왔습니다!"

"어……?"

아까 전과 같이 황공한 기색으로 접수 안내원이 돌아왔다.

큼직한 쟁반을 손에 들고 있었는데, 입에서 김이 피어오르는 포트와 티컵, 그리고 처음 보는 검은 알갱이가 올라간 그릇이 얹어져 있었다.

"부디 느긋하게, 편히 계세요! 그럼 실례하겠습니다!"

접수 안내원은 차 준비를 갖춘 후 허리를 직각으로 굽히며 인사하고 방을 나갔다.

“이건…… 음식인가?”

카임이 테이블 위에 놓인 그릇에서 다과처럼 보이는 검은 알갱이를 손으로 집었다.

광택 있는 검은색의 그것은 빈말로도 식욕을 당기게 하는 겉모양이 아니지만, 살짝 달콤한 냄새가 났다.

“아아, 이건 초콜릿이네요.”

“초코…… 뭐라고?”

“초콜릿이에요.”

밀리시아가 검은 알갱이를 손에 집고서 온화한 말투로 설명했다.

“남쪽 나라에서 채취되는 나무 열매를 가공한 과자예요. 제국에서도 희소한 것이라서 좀처럼 손에 넣을 수 없다고요.”

“흐음……, 남쪽의.”

대륙 남부에는 무수한 나라들이 난립하며 수많은 민족이 살고 있다고 한다.

특수한 동식물이 서식하는데, 다른 지역에는 없는 독특한 문화를 형성하고 있다고 책에서 읽은 적이 있었다.

“그럼…… 우선 한 입.”

카임은 흥미 깊게 초콜릿을 관찰하고 나서 입 안으로 던져 넣었다.

“…………!”

그 순간, 입 안의 열기로 녹은 초콜릿이 혀 위에 퍼져 인생에서 한 번도 느껴본 적 없는 미각이 터졌다.

"달아! 맛있어!"

카임은 저도 모르게 소리를 지르고 말았다.

쌉싸름한 쓴맛 속에 확고한 단맛이 나서, 카임이 여태까지 먹어본 어떤 단것과도 다른 맛이었다. 이런 맛있는 과자가 세상에 다 있었나 하고, 머리를 얻어맞은 것 같은 충격이 퍼졌다.

"아, 맛있어요."

"차도 좋은 찻잎을 쓴 모양이네요. 렌카도 들어요."

"감사합니다, 공주님."

"…………."

세 미소녀가 새된 소리를 지르면서 홍차와 과자에 입맛을 다셨고, 카임은 말없이 초콜릿을 입으로 옮겼다.

잠시 온화한 분위기가 응접실에 퍼졌다. 전투를 마친 지 얼마 안 돼 피곤하기도 해서, 홍차와 단것이 몸에 스며드는 것 같았다.

한때의 휴식이 거의 한 시간 정도 지났을 무렵, 누군가가 응접실 문을 두드렸다.

"실례, 들어갈게?"

문을 열고 들어온 이는 정장으로 몸을 감싼 묘령의 여성이었다.

"오래 기다리게 해서 미안해. 내가 이 길드의 책임자인 샤론 일다나야."

"우물……, 댁이 길드 마스터인가."

카임이 초콜릿을 볼이 미어지게 먹으면서, 나타난 여성에게 시선을 주었다.

"우물우물……, 꽤 오래 기다리게 하는군……. 으읍, 그쪽 모험가가 이래서래 트집을 잡아 왔는데, 그 일에 대해서…….”

“응, 일단 초콜릿을 잘 삼키렴. 딱히 재촉하지 않으니까.”

“윽……, 미안.”

카임은 우적우적 입 안의 초콜릿을 씹어 으깨고, 홍차를 마셔서 목 안으로 흘려 넣었다.

그럴싸한 표정을 지어야만 하는데, 역시 초콜릿도 홍차도 너무 뛰어나다. 저도 모르게 표정이 풀리고 만다.

“기다리는 시간을 만끽한 것 같아서 다행이야. 그 과자는 남쪽에서 수입한 건데 비쌌어.”

길드 마스터…… 샤론이라고 이름을 댄 여성이 뺨에 손을 대고서 정숙하게 웃었다.

샤론은 이십대 후반쯤 되어 보이는 미녀였다. 매끈하게 뻗은 콧날. 립스틱을 바른 부드러운 입술. 몸매도 좋아서 그야말로 ‘성인 여성’이라는 분위기였다.

“얘기는 들었는데 꽤 젊구나? 좀 더 나이 들고 경험이 풍부한 분들일 줄 알았어.”

샤론이 카임의 맞은편 소파에 걸터앉아 침착한 몸짓으로 다리를 꼬았다.

그 온몸에서는 어른의 여유가 배어 나와서, 나이대가 가까운 티나 렌카하고는 타입이 다른 색기를 몸에 두르고 있었다.

“게다가…… 꽤 귀한 손님도 있는 모양이네. 설마, 이 길드에 황족을 맞아들이게 될 줄은 생각지 못했어.”

“……저를 아시는 모양이네요. 미스 일다나.”

"샤론이라고 부르셔도 상관없어요. 밀리시아 황녀 전하."
아무래도 밀리시아에 대해서 아는 모양이다. 샤론이 정장 가슴께에 손을 대고서 우아하게 고개를 숙였다.
"황녀 전하께서 제도의 신전에서 봉사 활동을 하시는 모습을 본 적이 있습니다. 제도에서 모습을 감추셨기에, 저는 또 다른 나라로 망명하신 줄로만 알았습니다만…… 어째서 이런 변경에 계시는 건가요?"
"……한때는 다른 나라로 달아났지만, 자신이 해야 할 일을 이루기 위해서 돌아왔습니다. 오늘은 샤론 씨에게 부탁이 있어요. 제도에서 일어나는 정변에 대해서, 알고 있는 것을 가르쳐 주시겠어요?"
밀리시아가 진지한 음성으로 샤론에게 신신당부했다.
"두 오라버니의 대립이 점점 심해진다고 풍문으로 들었습니다. 청랑기사단의 단장을 오라비로 둔 샤론 씨라면, 무언가 알고 있지 않나요?"
"과연……, 그래서 길드에 오신 거군요. 일부러 이 마을까지 우회해서 오신 건, 당신을 이용하려고 드는 일파의 눈을 피하기 위해서인가요?"
"………… ."
밀리시아가 말없이 수긍했다.
샤론은 입술을 손가락으로 쓰다듬으며, 생각하는 것 같은 몸짓을 취했다.
"실은…… 저도 많이 알지는 못합니다. 오빠에게서는 한동안

중앙에서 거리를 두라는 말을 들은 이후로, 연락이 닿지 않아요."
"연락이 닿지 않는다니? 그건 대체……?"
"모험가를 보내서 정보를 살피고 있습니다만…… 유감스럽게도 이 마을에서 제도로 이어지는 가도가 봉쇄되어 통행할 수 없게 됐답니다."
"가도가 봉쇄됐다고요……?!"
밀리시아가 놀라움이 깃든 소리를 지르며 소파에서 일어섰다.
"설마…… 벌써 길을 막아야만 할 만큼 싸움이 과열된 건가요?! 설마, 무력 항쟁도……!"
"아뇨, 가도가 막힌 건 다른 이유 때문입니다. 이 앞 산길에서 대규모 산사태가 일어난 모양인데, 안전이 확인될 때까지 봉쇄한다고 합니다."
"그럴 수가……. 그럼, 제도로 갈 수 없는 건가요?"
"네, 복구까지는 상당한 시간이 걸린다고 합니다. 그 때문에 정보는 물론이고, 물자도 제한되고 있답니다."
"……곤란하네요. 그럼, 어떻게 제도로 향하면 좋을까요."
밀리시아가 컵을 테이블 위에 놓고서 울적하게 어두운 표정을 지었다.
카임 일행이 똑바로 제도로 향하지 않고 북쪽으로 돌아가는 길을 선택한 이유는 밀리시아의 신병을 노리는 무리의 눈을 속이기 위해서다. 포레의 영주가 밀리시아를 납치했던 것 같은 트러블을 피하고자 일부러 멀리 돌아가기로 했다.
하지만…… 이 시점에서, 그 신중한 판단이 엉뚱한 결과를 내고 만 모양이다.
"이봐……, 곤란하네. 여기까지 왔는데 헛걸음이라는 건가?"
"곤란하게 됐네요. 돌아가서 다른 길로 갈까요?"
미간에 주름을 새기는 카임에게 홍차를 더 따라주는 티.
밀리시아는 고개를 숙이며 생각에 잠겼지만…… 이윽고 고개를 내저었다.
"……무리예요. 포레의 영주가 우리를 붙잡으려고 추격자를 풀었을지도 몰라요. 여기서 돌아가면 그들이 바라던 대로 되는 거예요."
"저도 밀리시아 전하의 말씀에 동의합니다. 제도를 기준으로 서쪽 영지를 가진 귀족 중엔 제1황자 전하를 지지하는 자가 많으니까요. 제2황자 전하께 가까운 밀리시아 전하께 좋지 않은 감정을 품은 자도 있겠죠. 포레까지 돌아가 거기에서 동쪽으로 향하는 건 너무나도 위험해요."
샤론이 밀리시아의 생각에 찬동을 표시했다.
나아갈 수도 없고, 물러설 수도 없다……. 진퇴양난이란 이런 상황이리라.
"저로서는…… 산사태가 정리되어 안전이 확인될 때까지, 이 마을에 머무시기를 권해드립니다. 그 무렵에는 왕도에 보낸 모험가에게 연락이 와서 정보도 들어올 테고, 제도의 현 상황도 파악할 수 있을 거예요."
"어쩔 수 없네요……. 그렇게 하도록 하죠."
밀리시아가 어깨를 늘어뜨리며 샤론의 제안을 받아들였다.

사실은 당장이라도 제도로 가서 대립하는 두 오빠 사이에 끼어들고 싶으리라.

하지만 초조해한다고 해서 반드시 상황이 호전되는 것이 아니라는 사실은 밀리시아도 잘 알았다.

지금은 이 마을에 머물며, 샤론이 파견한 모험가가 정보를 가지고 돌아오기를 기다리는 것이 최선의 행동이다.

"……제 판단 실수예요. 죄송합니다."

"그렇지 않습니다, 공주님! 북쪽으로 돌아가는 길을 제안한 건 저입니다. 이건 모자란 제 책임입니다!"

"렌카는 잘못이 없어요. 신하의 진언을 듣고 나서, 제가 결단한 거니까요."

"공주님……!"

밀리시아와 렌카가 서로를 옹호했다.

"딱히 누구 탓도 아니잖아. 단순한 자연재해다. 어떻게 예측을 하겠어."

카임이 어깨를 으쓱이고는 접시에서 초콜릿을 집어 입에 던져 넣었다.

"빨리 제도로 가고 싶어 하는 밀리시아에게는 미안하지만…… 나로서는 마을에 머무르며 온천을 즐길 수 있으니까 만만세야. 어젯밤엔 그다지 마음 편히 담글 수 없었으니까……. 다음에는 꼭, 반드시 혼자서 느긋하게 들어가겠어."

어젯밤의 행위는 터무니없이 기분 좋았지만, 좀 더 평범하게 온천을 즐기고 싶은 것이 카임의 본심이다.

"다만…… 온종일, 온천에 들어가 있을 수도 없으니까. 빈 시간을 어떻게 시간을 보내야 할지 곤란할 것 같군."

"어머? 그런 거라면 모험가로서 일을 해보면 어떨까?"

샤론이 양손을 맞대고서 좋은 생각이라는 양 말을 꺼냈다.

"어차피 시간은 있잖아. 이 길드에서 모험가 등록을 해서 의뢰를 받으면 좋지 않을까? 좋은 시간 때우기도 되고, 돈도 손에 들어오니 일석이조가 될 거야."

"모험가라…… 나쁘지 않군."

카임이 "흠" 소리를 내며 고개를 끄덕였다.

권력에 얽매이지 않는 자유로운 무법자. 자신의 실력에 기대어 미개척지를 여행하며, 마물을 쓰러뜨리고 재보를 찾아내는 용감한 전사.

'저주' 때문에 돌아다니기도 어려웠던 카임에게, 모험가라는 직업은 이상적인 삶의 방식 중 하나였다.

'책에서 읽고 동경했던 모험가가 되는 것도 한 재미인가…….'

이미 카임은 여행을 떠나 자신의 의사로 어디든지 갈 수 있다.

굳이 모험가라는 직함은 필요 없지만…… 큰 은혜를 입은 어머니 사샤 하르스베르크와 같은 직업에 종사하는 것은 나쁘지 않아 보인다.

'질색하는 아버지와도 같은 직업이지만…… 그건 아무래도 상관없지. 버린 아들에게 손을 물려 싸움에 진 개 따위는 알 게 뭐냐.'

"그러고 보니…… 길드증은 신분 증명도 되지? 나는 신분증 같은 것도 안 가지고 있으니, 등록만이라도 해두면 손해는 없을 거야."

"티도 찬성이에요. 카임 님이라면 바로 S랭크도 될 수 있을 테고, 주인이 입신출세하는 건 티도 자랑스러워요."

티가 들뜬 소리를 냈다. 어떤 형태이든 카임이 실력을 드러내서 세간으로부터 인정받을 수 있게 되는 상황이 기쁜 것이리라.

"두 사람은 어떻게 생각해?"

"저도 상관없을 거 같아요."

"공주님께서 좋다고 하시면 나에게 부정은 없다."

밀리시아와 렌카도 동의했다.

반대 의견은 나오지 않는 모양이다. 카임은 샤론에게 몸을 돌렸다.

"그렇게 됐으니 등록을 부탁한다."

"잘됐다, 바로 절차를 밟을게."

"'잘됐다'……?"

"어머, 무심코 입 밖에 내버렸네."

샤론이 입을 손으로 막고서 시선을 피했다.

"……뭔가 숨기는 건가. 솔직히 얘기하지 않는다면 등록 얘기는 없던 일로 하겠는데?"

"눈치 빠른 아이네……. 딱히 숨기는 건 아니야. 그저 '검은 사자'에게 맡기려고 했던 일이 있었는데, 그들이 재기불능에 가까운 상태가 되어 버렸잖아? 대신 의뢰를 받아줄 뛰어난 모험가는 없나 하고 생각했을 뿐이야."

"우리에게 의뢰를 맡기겠다는 건가. 등록한 지 얼마 안 됐는데 A랭크 모험가가 할 만한 의뢰를 받을 수 있는 건가?"

"문제없어. 그에 걸맞은 실력을 드러냈다면, 길드 마스터의 재량으로 랭크를 더 올릴 수 있으니까. '검은 사자'를 쓰러뜨렸으니까, 아무리 낮아도 한 단계 아래의 B랭크까지는 승격시킬 수 있어."

"……혹시, 처음부터 그럴 속셈이었던 건가? 가도 봉쇄 이야기는 우리를 마을에 머물게 하려고 꾸민 거짓은 아니겠지?"

"설마! 오해야!"

카임이 눈을 반쯤 뜨고 노려보자, 샤론은 당황해서 가슴 앞에서 양손을 내저었다.

"아무리 곤란하다고는 해도 황녀 전하나 그 동행자를 속이지는 않아! 조사하면 금세 알 일인데, 바로 들킬 거짓말을 할 리가 없잖아!"

"……뭐, 그렇겠지. 믿어줄까."

카임은 의심스러운 눈빛을 거두고 홍차를 홀짝였다.

"모험가 등록을 하기로 하고…… 그 일의 내용이란 걸 들어도 상관없나?"

"물론이지. 자료를 가지고 오게 할 테니까, 잠시만 기다리고 있어 줘."

샤론이 테이블 위에 놓였던 핸드벨을 울려서 접수 안내원을 불러들였다.

샤론에게서 자세한 설명을 듣고 난 후, 카임 일행은 모험가 길드를 뒤로했다.

일행은 제도의 정보를 얻는다는 당초의 목적은 이룰 수 없었지만, 모험가라는 새로운 신분을 손에 넣어서 어젯밤과 같은 숙소로 돌아갔다.

그 후 이번에는 혼자서 느긋하게 온천을 즐기려던 카임이었지만, 세 사람의 암컷에게 습격받고 마는데.

카임 일행은 또다시 여관에서 청소비로 고액을 청구받고. "다음에 또 하면 출입을 금지하겠다"라고 여주인으로부터 단단히 못이 박히고 만 것이었다.

○ ○ ○

"후하아……, 끝났다아……."

한편, 카임 일행이 떠난 길드 응접실에서는 이 방의 주인인 샤론 일다나가 소파 위에서 몸에 힘을 빼고 있었다.

추욱 녹은 듯이 소파에 누운 샤론은 전에 없이 정장을 흐트러뜨려, 가슴이나 허벅지를 대담하게 드러내고 있었다.

늘 의연한 길드 마스터가 이렇게까지 흐트러진 모습을 접수안내원이나 모험가가 목격한다면 눈을 휘둥그레 뜨며 놀랄 것이다.

"대체 뭐냐고, 그 괴물은……. 오랜만에 나온 초특급이잖아……."

이마를 손바닥으로 닦자 흠뻑 젖어 있었다. 새삼스럽게 공포가 도져서 땀이 흘러 나온 모양이다.

샤론은 여유로운 태도로 카임 일행을 응대했지만, 실제로는 겉보기만큼 마음속이 평온하지는 않았다. 얼굴이 굳을 뻔한 것을 필사적으로 참고서, 가까스로 종이 한 장 차이로 버텼을 뿐이다.

샤론에게는 사람을 꿰뚫어 보는 '눈'이 있었다. 얼굴을 마주하기만 하면 상대를 신용할 수 있는지 없는지, 거짓말을 하는지 아닌지, 실력이나 재능이 있어서 모험가로서 대성할지 못할지까지도 꿰뚫어 볼 수 있었다.

스물여섯이라는 젊은 나이에 지방 지부라고는 하지만 길드 마스터에 취임할 수 있었던 것도 그 '눈'이 있었기 때문이다.

그런 샤론의 눈으로 보기에 아까 만났던 청년……, 카임이라는 남자는 터무니없는 괴물로 비쳤다.

현재의 실력은 A랭크를 족히 넘고, 잠재 능력은 헤아릴 수 없다.

뇌명일지 악명일지는 모르겠지만…… 조만간 확실하게 어떠한 형태로 역사에 이름을 새기리라는 사실을 뚜렷이 예견하게 되고 말았다.

'……밀리시아 황녀님이 첫눈에 반할 만하구나. 대체, 어디에서 그런 사람을 잡아먹는 용 같은 남자애를 찾아서 온 건지.'

밀리시아와 카임의 사이는 타인인 샤론의 눈으로 보아도 친밀해 보였다.

자연스럽게 어깨를 기대며 소파에 앉은 거리감을 통해, 샤론은 그들이 이미 육체관계를 맺었다는 사실을 예상했다.

제국 황녀의 정조를 빼앗다니 터무니없는 악당이라고 화를 내고 싶은 기분이지만…… 그 남자라면 그것도 수긍이 간다.

'그건 황족이니 뭐니 하는 불문율에 얽매이는 타입의 인간이 아니지. 법도 규정도 태연하게 짓밟고, 자신의 규칙을 타인에게 강요하는 제멋대로인 삶을 사는 타입의 남자야.'

설령 그에게 밀리시아의 순결을 뺏은 것을 탓한다 해도, 타박하는 인간을 남김없이 때려눕혀 보일 것이다. 그에게서는 그만한 의지와 힘을 느낄 수 있었다.

'……'검은 사자'가 재기 불능이 되어 의뢰를 어떻게 해야 하나 걱정했는데, 그들이 받아들여 줘서 살았어.'

샤론은 소파에 뒹굴면서 손을 뻗어 테이블 위에 놓인 채 방치된 자료를 손에 집었다. 거기에는 카임 일행에게 떠넘긴…… 혹은 맡긴 의뢰의 상세한 내용이 적혀 있다.

의뢰 내용은 어느 촌락의 조사다.

그 촌락은 샤론의 마을에서 조금 떨어진 곳에 있는 산속 한적한 마을이었다. 이름도 알려지지 않은…… 어쩌면, 그곳에 사는 마을 사람조차도 자신들의 마을 이름을 모르는 것이 아닐까 싶을 만큼 시골이다.

최근 그 마을에서의 연락이 사라졌다. 언제나 정해진 시기에 마을의 특산품을 팔러 이 마을까지 방문하는데…… 올해는 전혀 나타나려 들지 않는다.

그 때문에 샤론은 조사를 위해 모험가를 보냈지만…… 마을을 보러 간 모험가 파티 또한 소식이 끊어지고 말았다.

조사를 맡겼던 모험가는 그 나름대로 실적 있는 C랭크 파티인데, 머지않아 B랭크로 승격하리라는 평가를 받았던 자들이다.

그런 그들이 한 사람도 돌아오지 않았다. 이것은 범상치 않은 사태. 사태를 무겁게 본 샤론은 이 길드의 최고 전력인 '검은 사자'를 촌락에 투입하려고 했다.

'마물에게 망했거나, 도적에게 점거당했거나…… 아니면 다른 무언가 예상하지도 못할 만한 트러블을 당한 걸까?'

"좋아……. 그들이라면 어떻게든 하겠지."

샤론은 우울하게 중얼거리며 손에 든 자료를 내던졌다. 뿔뿔이 흩날린 자료가 바닥에 흩어졌지만…… 나중에 치워도 된다. 지금은 모든 것이 귀찮았다.

'그보다도…… 그 애는 어떻게든 해서 관계를 틀 방법을 찾아 둬야만 하겠네.'

카임 일행은 길이 개통되면 바로 떠나 버리겠지만, 그만한 강자와 연줄을 가져 두는 것은 나쁘지 않다.

용의 소굴에 발을 들이는 것처럼 위험한 일일지도 모르지만, 그럴 가치가 있다고 샤론의 '눈'이 호소한다.

"……오랜만에 미인계라도 써 볼까."

그만한 미희를 거느리고 있으니 분명 상당히 여자를 좋아할 것이 틀림없다.

샤론은 자신의 가슴 크기와 엉덩이 선에는 절대적인 자신을 가지고 있었다. 이런 무기를 전부 다 행사하면, 앞으로도 카임과 양호한 관계를 유지할 수 있을지도 모른다.

"밀리시아 전하께는 미안하지만…… 아주 조금, 본격적으로 나서 볼까?"

농담인지 진담인지 모를 표정으로 중얼거리며, 샤론은 자신의 가슴을 양손으로 움켜쥐고서 감촉을 확인했다.

번외편 시스터(수녀) 밀리시아의 재난

제국에서 일어난 몇몇 소동에 의해 밝혀졌지만…… 밀리시아는 제국 황제의 피를 이은 황녀다.

고귀한 핏줄로 태어난 밀리시아였지만, 실은 태어난 후부터 계속 황녀로서 왕궁에 있었던 것은 아니다.

열두 살일 때 신전에 맡겨져, 신을 섬기는 시스터로 지냈던 시기가 있었다.

“밀리시아 황녀, 이제부터 세례 의식을 시작하겠습니다만 문제는 없겠죠?”

제도에 있는 신전에서. 바닥에 무릎을 꿇고 고개를 숙인 밀리시아에게, 한 수도녀가 다정하게 말을 걸었다.

그녀의 이름은 마더 아리에사. 이 신전의 책임자이자, 제국에서도 격식이 높은 신관 중 하나였다.

“네, 물론입니다. 마더 아리에사.”

아리에사의 물음을 듣고 밀리시아는 고개를 들지 않은 채 대답했다.

본래의 지위를 생각하자면, 황녀인 밀리시아가 무릎을 꿇고서 고개를 숙이는 상황은 있을 수 없는 일이다.

하지만 여기는 신전. 신의 집이다. 신 앞에서는 밀리시아도 한 사람의 소녀일 뿐이라, 이렇게 최대한의 경의를 표시할 필요가 있었다.

"좋습니다……. 설마, 친구의 딸인 당신을 이렇게 신전으로 맞아들이게 될 줄은 생각지도 못했습니다. 어머니를 닮았군요……. 당신을 보고 있으면, 그녀가 떠오릅니다."

아리에사는 신관으로서가 아니라, 밀리시아의 몸을 걱정하는 한 여성의 얼굴로 미소 지었다.

가넷 제국을 통치하는 황제에게는 비가 몇 명 있는데, 밀리시아의 어머니는 그중에서도 특히 신분이 낮은 자작가 출신이었다.

일찍이는 아리에사와 함께 신전해서 근무하며 시스터로서 일했지만…… 어느 날 신께 제사를 올리는 의식 때 황제가 그녀를 보고 한눈에 반했기에, 환속해서 황제에게 시집가게 되었던 것이다.

밀리시아의 어머니는 이미 세상을 떠났지만…… 아리에사는 그녀가 비가 되어 행복한 생애를 보냈다고는 생각지 않았다.

고작해야 자작가의 영애가 황제의 총애를 얻는다는 사실에 질투하는 자는 많아서, 때때로 심술을 당했다는 소문이 귀에 들어왔다.

"적어도…… 이 신전에 있는 동안에는 당신에게 위험이 미치지는 않겠죠. 제가 당신의 어머니를 대신해 당신을 지키겠어요."

"……마음 씀씀이, 감사드립니다. 마더 아리에사."

아리에사의 말을 듣고, 밀리시아가 고개를 들지 않은 채 어깨를 떨었다.

커다란 뒷배를 가지지 않은 밀리시아의 황녀 생활은 상당히

고단하다.

일부를 제외한 사용인은 명백히 밀리시아를 멸시해서 깔보는 대응을 취했다.

노골적으로 심술을 당하지는 않았지만, 두 오빠와의 차이는 분명했다. 왕성에서 밀리시아의 아군이라고 단언할 수 있는 자는 양쪽 손가락을 다 채우지 못할 만큼 적었다.

아리에사는 밀리시아를 애처로운 눈으로 바라보면서, 신관으로서 의식을 진행했다.

"그럼…… 이제부터 당신을 신을 섬기는 시스터로 맞이하기 위한 세례 의식을 집행하겠습니다."

"…………."

"세례를 받을 때, 때때로 기묘한 환상을 보는 자가 있습니다. 하지만 그것은 신께서 내려주시는 교훈과 암시. 신탁이라고 불러도 좋겠죠. 두려워하지 말고 받아들이세요."

"……네. 잘 부탁드립니다."

세례를 받은 신관이나 수도녀가 기묘한 환영을 보는 일이 있다. 그것은 밀리시아도 사전에 언질을 받았다.

환영의 내용은 미래에 일어나는 일이기도 하고, 과거의 죄를 들이미는 형태이기도 하고, 사람에 따라서 다양하다.

밀리시아의 어머니 또한, '신전에서 기도를 바치고 있는 상황에 드래곤이 나타나 끌려간다'라는 환상을 보았다.

"그럼…… 기도하세요. 세상을 순환하는 성령의 이름으로, 당신에게 신의 가호가 있기를……."

“…………”

아리에사가 월계수 가지와 잎으로 맑은 물을 떠서, 기도를 바치는 밀리시아의 머리 부분에 뿌려 나갔다.

이것이 성령교의 세례 의식이자, 신을 섬기는 신도가 되기 위한 통과 의례다.

“…………!”

차가운 물이 머리 부분에서 목으로 흘러내리는 감촉……. 그것이 갑자기 사라지고, 눈꺼풀로 감겼을 시야에 하얀빛이 가득 찼다.

○ ○ ○

『여기는 대체……?』

정신을 차리니 밀리시아는 길 한가운데 서 있었다.

하얀 돌로 포장된 길이 앞뒤로 뻗어 있고, 좌우에는 평원이 펼쳐져 있었다.

『저는 신전에 있었을 텐데요. 그런데, 어째서……?』

밀리시아가 몸을 내려다보자, 아까 전까지와 다름없는 하얀 옷을 몸에 두르고 있었다.

몸의 굴곡이 드러나기 쉬운 옷이었지만, 열세 살인 밀리시아는 이차 성징을 마치지 않아서 몸매도 빈약하다.

하얗고 무구한 옷은 밀리시아가 아직 세례를 마치지 않은, 그 누구도 아닌 존재라는 사실을 드러냈다.

『이건 혹시, 신탁의 꿈일까요…….』

밀리시아가 곤혹스러워하면서 포장된 길 앞쪽으로 눈길을 향했다. 길은 길게 뻗어서 앞을 내다볼 수 없었다.

뒤에도 길이 뻗어 있겠지만…… 신기하게도 뒤를 돌아볼 마음이 들지는 않는다. 마치 무언가 무서운 것이 있는 듯한, 그런 예감이 들었다.

『가자……. 나는 앞으로 나아가야만 해.』

정체불명의 충동에 떠밀려서, 밀리시아는 길을 나아가기로 했다. 한 걸음째는 망설였지만, 두 걸음, 세 걸음째엔 아주 조금씩 속도를 올렸다.

얼마만큼 길을 나아갔을까. 시간 감각이 없어서 1분인지 한 시간인지도 모르겠다.

하지만…… 이윽고 변화는 갑자기 나타났다. 아무것도 없는 길을 힘차게 나아가던 밀리시아의 주위에 갑자기 검은 그림자가 나온 것이다.

『꺅!』

밀리시아는 저도 모르게 비명을 질렀다.

사람 형태를 한 그림자는 말을 꺼내지도 않고, 눈도 코도 없다. 그런데도…… 신기하게 그들이 자신을 보고서 비웃는다는 사실을 이해할 수 있었다.

『…………!』

그 감정이 무엇인지 밀리시아는 알았다.

우롱, 욕망, 모멸, 조롱, ……악의.

거기에 있는 그림자는 밀리시아를 철저히 깔보고 있었다. 먹을 것으로써 짓밟을 생각뿐……. 그 사실을 명확하게 이해한 밀리시아는 자신의 몸을 끌어안으며 겁먹었다.

『싫어……! 그만둬, 오지 마세요!』

밀리시아는 필사적으로 외쳤지만, 그림자는 그런 겁먹은 모습을 즐기듯이 팔을 뻗어왔다.

조금만 더 있으면 그 손가락이 밀리시아의 몸에 닿는다…….

이제 글렀다, 그렇게 생각한 순간, 또다시 강렬한 변화가 밀리시아를 덮쳤다.

『어……?!』

보라색 그림자가 밀리시아를 감싸듯이 막아섰다. 보라색 그림자가 그 촉수를 휘두르자, 순식간에 검은 그림자가 갈가리 찢어져 소멸했다.

『저를, 지켜준 건가요? 당신은 대체……?』

보라색 그림자 또한 정체 모를 존재였지만, 신기하게도 공포는 느껴지지 않았다. 그 그림자에서는 검은 것과는 달리 악의 같은 감정은 읽어낼 수 없었다.

밀리시아는 이끌리다시피 보라색 그림자를 향해서 손을 뻗었다.

『하앙!』

하지만 손톱 끝이 보라색에 닿자마자 그 조형이 무너졌다.

명확한 형상을 잃은 그림자가 마치 슬라임처럼 부정형이 되어 밀리시아의 몸을 휘감아 온 것이었다.

『헉……, 아……, 꺄앙! 이, 이건 뭔가요?!』

보라색 슬라임이 자신의 온몸을 휘감자, 밀리시아가 곤혹스러운 비명을 질렀다.

슬라임은 밀리시아의 팔에, 다리에, 몸체에 휘감겨서, 마치 온몸에 존재를 새기듯이 하얀 피부를 핥아왔다.

작은 몸에 걸쳤던 순백의 옷이 벗겨지고, 그와 동시에 밀리시아의 몸이 무럭무럭 점차 성장했다.

『어……, 어째서?!』

팔다리가 길어지고, 머리카락이 자라고, 가슴이 탐스럽게 부풀어 오른다. 마치 자신의 육체가 스무 살 전후까지 단숨에 성장한 것 같다.

그리고 슬라임이 기세를 점차 늘려가며, 성장한 밀리시아의 몸을 애무했다.

풍만한 가슴을 주물러대고, 엉덩이를 쓰다듬고, 허리를 안는다. 귀 뒤에서 목덜미까지 부드럽게 쓰다듬고, 길고 아름다운 금발에까지 점액을 묻혀 갔다.

『앗, 핫, 응……, 아하앗!』

밀리시아는 결국 서 있을 수 없게 되어 길에 쓰러지고 말았다.

보라색 촉수가 엉덩방아를 찧은 밀리시아의 양다리를 억지로 벌리고, 누구에게도 보여준 적 없는 성역을 들췄다.

『아앗……. 싫어어, 그만둬, 그만두세요……!』

밀리시아가 애원했지만, 슬라임의 움직임은 강해지기만 할 뿐이었다.

가슴을 휘감은 촉수가 두 언덕을 기슭부터 쥐어짜고, 끝에 달린 돌기를 꿈틀꿈틀 만지작거렸다.

가랑이를 기어가는 촉수가 자신의 손가락조차도 닿은 적이 없었던 성역을 위아래로 비벼, 이곳이 성감대라며 음란한 관능을 철저히 주입해 왔다.

『흐아, 아앙……. 그, 그만……!』

그만해……. 그렇게 입에 담으려고 하다가 퍼뜩 깨달았다.

정말로 자신은 그만두기를 바라는 것일까? 사실은…… 계속해 주기를 바라는 것은 아닐까?

'거짓말……. 아니야, 이런 건 아니에요……!'

『흐아, 하앙…….』

이성이 부정하려고 했지만, 입에서는 자연스럽게 달콤한 선율이 새어 나오고 말았다.

밀리시아는 보라색 슬라임이 자신의 온몸을 핥아대는 상황을 명백히 기뻐하고 있었다.

'뭐지……. 내 몸, 어떻게 된 건가요……?'

촉수에 온몸을 애무당하면서, 밀리시아는 몸을 꿈틀거렸다.

이윽고 촉수는 절대 불가침인 '그곳'을 겨냥해서 꾸욱꾸욱 안으로 파고들었다.

『히앗……, 으하아아아아아아아아아아아아아아아아아아아아아아앗!』

몸을 꿰뚫는 것 같은 통증은 한순간. 금세 쾌락이 뇌 안을 한 가지 색으로 물들여서, 차마 다 참지 못한 교성이 밀리시아의 목에서 터졌다.

밀리시아는 양손으로 보라색 슬라임을 끌어안으며 환희와 함께 그것을 받아들였다.

"밀리시아……. 시스터 밀리시아! 정신 차리세요!"

"어……?"

정신을 차리니 아까 전까지와 같은 신전 안에 있었다.

눈앞에는 걱정스러운 표정을 짓는 아리에사의 얼굴이 있었다. 성장했던 육체는 원래의 나이로 돌아오고, 온몸을 휘감았던 촉수는 어디에도 없었다.

"어, 여기는……. 저는……. 어?"

"진정하세요, 시스터 밀리시아……. 【마인드 에센스】."

아리에사가 발동시킨 마법이 밀리시아를 감쌌다. 부드러운 녹색 빛이 피부에 스며들어, 혼란스러웠던 마음이 진정을 되찾았다.

"……실례했습니다, 마더 아리에사. 저는 어찌 되었던 건가요?"

"세례 의식 도중에 갑자기 눈동자가 텅 비어서, 불러도 반응하지 않았답니다……. 무언가 보였던 건가요?"

"아뇨……, 기억나지 않아요."

밀리시아는 솔직하게 대답했다.

얼버무리는 것은 아니다. 정말로…… 기억이 애매모호해서, 말로 설명할 수 없었던 것이다.

"깨어난 직후에는 아직 기억이 남아있었던 것 같은 기분도 드는데, 떠올리려고 하면 할수록 기억이 흐릿해져 버려요……. 마치, 꿈속에서 있었던 일처럼요."

"과연……, 그런 건가요."

아리에사가 이해한 듯이 수긍했다.

"기억에 자물쇠가 걸려 버렸다는 건, 지금은 떠올릴 필요가 없다는 뜻입니다. 세례를 통해 성령에게서 하사받은 선물……. 그게 어떤 내용이든지 간에, 당신에게 도움이 될 테니까요."

"네……."

"그래서…… 그 꿈은 좋은 것이었다고 생각하나요? 그렇지 않으면 무서운 것이었나요?"

"…………."

밀리시아는 아리에사의 물음을 듣고 잠시 생각에 잠겼다.

백일몽처럼 일어났던 내용은 거의 떠올릴 수 없지만, 그래도 감각적으로 나쁜 것이었는지 아닌지 정도는 안다.

"아뇨……, 좋은 꿈이었던 것 같아요. 무척이나 멋진 일을 체험한 것 같은, 그런 기분이 들어요."

밀리시아는 가슴에 손을 대고서 솔직한 감상을 입에 담았다.

손바닥에 전해져오는 고동은 아직 높게 뛰어서 진정할 기색도 없다. 몸은 따끈따끈하게 데워져서, 녹아들 것 같은 달콤함이 몸의 심지에 남아있었다.

마치 술이 들어간 초콜릿이라도 먹은 것 같은 감각이다. 몸이 달아올라서 진정되지 않기는 하지만 나쁜 기분은 아니다.

그것은 관능이 눈을 뜬다는 의미와도 흡사했지만…… 당시 열

두 살인 밀리시아는 자신의 안쪽에 싹튼 감정을 깨닫지 못했다.

"그런가요……. 당신의 미래가 밝은 모양이라서 안심했습니다."

밀리시아가 여자라는 성에 눈을 뜨고 있다는 사실 따위는 꿈에도 모르고, 아리에사는 온화한 웃음으로 축복했다.

황녀로 태어난 밀리시아의 장래를 걱정했던 만큼, 아리에사는 세례의 결과가 좋았다는 사실에 가슴을 쓸어내렸다.

"이로써 세례 의식은 끝입니다. 오늘부터 당신은 신을 섬기는 시스터가 되었습니다. 경건하게, 근면하게 노력하세요. 시스터 밀리시아."

"네, 잘 부탁드립니다."

밀리시아는 고개를 숙이며 아리에사가 보내는 축복을 받아들였다.

수도녀가 된 밀리시아였지만, 그 마음속에는 확실히 관능의 씨앗이 싹트고 있었다. 그리고 그 사실은 본인을 포함해서 그 누구도 깨닫지 못했다.

주어진 예지대로, 밀리시아는 몇 년 후에 둘도 없는 만남을 겪게 된다.

친딸처럼 몸을 걱정하던 밀리시아가 어떤 경험을 하게 되는지…… 그 상세한 내용을 알았더라면, 아리에사도 눈이 핑핑 돌아 졸도했을 것이 틀림없었다.

[번외편] 시스터(여동생) 아네트의 재난

"자, 가자! 늦지 말고 따라와!"

"흐에에엥……. 아가씨, 좀 봐주세요오오오오오오오오오오!"

주먹을 번쩍 올리며 기운차게 나아가는 소녀의 뒤를 눈물을 머금은 소년이 따라갔다.

그 소녀는 붉은 머리카락을 포니테일로 묶고, 움직이기 편한 옷을 입고 있었다.

연령은 열세 살쯤이었는데 나이에 어울리지 않게 걸음걸이에 중심의 흔들림이 없어서, 눈썰미 있는 사람이 보면 그녀가 무언가 무술을 익혔다는 사실을 알 것이다.

소녀의 이름은 아네트 하르스베르크.

제이드 왕국 북쪽에 영지를 둔 하르스베르크 백작가의 적녀이자, '권성'인 케빈 하르스베르크에게서 훈육을 받은 후계자다.

아네트는 아버지의 총애를 한 몸에 받았지만, 어째서인지 하르스베르크 백작령 밖에서 기세등등하게 가도를 걷고 있었다.

"아가씨……, 이제 그만두자고요. 주인님께서도 걱정하실 테니, 저택으로 돌아가요……."

성큼성큼 앞으로 나아가는 아네트에게 열을 올려 말하는 이는 그녀보다도 두세 살쯤 연상인 소년이다.

그의 이름은 루즈톤. 평민이기 때문에 성은 없다.

루즈톤은 하르스베르크 백작가를 섬기는 수습 집사이지만, 어떤 사정 때문에 아네트와 함께 여행하게 되고 말았다.

"안 돼, 아버님을 그렇게 만든 원수를 갚을 때까지는 저택으로 안 돌아가! 반드시 그 남자를 처치할 거라고!"

"흐에엥, 그럴 수가."

"돌아가고 싶거든 너 혼자서 돌아가! 나는 딱히 따라오라고 말한 적 없으니까!"

"으으……, 괜히 따라왔어. 보고도 못 본 척할걸 그랬어어……."

다리를 멈출 기색이 없는 아네트의 모습에, 루즈톤은 자신의 얕은 생각을 진심으로 저주했다.

지금으로부터 거슬러 올라가 열흘쯤 전, 아네트의 아버지이자 루즈톤의 주인인 케빈 하르스베르크가 누군가와 싸워 크게 다치는 사건이 있었다.

다행히 생명을 빼앗기지는 않았지만…… 의사의 말에 따르면 케빈의 몸에는 무투가로서 치명적인 후유증이 남고 말았다고 한다.

제이드 왕국 최강의 전사인 '권성'은 죽은 것이나 마찬가지가 되고 말았다.

'권성'의 영락에 누구보다도 슬퍼하고 화를 낸 사람은 역시 딸인 아네트였다.

아네트는 아버지를 재기불능으로 만든 원수를 갚기 위해, 생가인 하르스베르크 백작가를 떠나 여행에 나서게 된 것이다.

"으으……, 어째서, 이런 일이……. 집에 돌아가고 싶어……."

어째서 루즈톤이 울면서 복수의 여행에 동행하고 있느냐 하면, 아네트가 저택을 빠져나가는 현장을 우연히 맞닥뜨리고 말았기 때문이다.

모시는 아가씨가 가출하려고 하는 모습을 보고서, 당연하게도 루즈톤은 그것을 말리려고 했다.

하지만 연하의 소녀라고는 해도 아네트는 '권성'의 후계자. 힘으로 그 진격을 제지할 수는 없다.

어쩔 수 없이 말로 구슬려서 어떻게든 설득하려고 시도해 보았지만…… 그러는 사이에 하루가 지나고, 이틀이 지나고, 정신을 차리고 보니 하르스베르크 백작령 밖으로 나오고 말았다.

'나 혼자서는 아네트 아가씨를 말릴 수 없어. 도와줄 사람을 불러야 해.'

뒤늦게나마 알아챈 루즈톤이었지만…… 그 상황에 마침내 깨닫고 말았다.

도와줄 사람을 부르기에는 하르스베르크 백작가에서 너무 멀어졌다는 사실을. 그리고…… 자신 혼자서만 백작가로 돌아가 아네트 홀로 여행하게 해버리면, 그건 그것대로 확실히 처벌받게 되고 만다는 사실을.

최악의 경우, 루즈톤이 아네트를 꼬드겨서 유괴한 것이 아닌가 하는 의혹까지 뒤집어쓸 우려가 있다.

'나 혼자서 돌아가면 안 돼……. 어떻게든 아가씨를 설득해 저택으로 돌아가게 해서, 내게 잘못이 없다는 사실을 증명해야 해…….'

루즈톤은 그렇게 생각해서 오늘도 설득했지만, 그 시도가 결실을 맺지는 않았다.

나날이 하르스베르크 백작령에서 멀어져서, 이미 자기 혼자서 돌아가기도 여의치 않은 거리까지 떨어졌다.

"아가씨, 역시 안 돼요오……. 주인님을 다치게 한 상대를 발견해 내는 건 불가능해요오……."

"어째서, 그걸 아는 건데! 해보지 않으면 모르잖아?!"

"알아요오……. 왜냐하면 그 남자가 누구인지, 이름조차 모르잖아요?"

케빈을 쓰러뜨린 이는 정체도 모를 보라색 머리카락의 남자다.

그 남자가 누구인지, 무슨 목적으로 케빈을 노렸는지도 모르는 현 상태에서는 찾을 방도가 없었다.

"…………."

아네트가 발을 딱 멈추었다.

마침내 설득이 통했나 싶어서 루즈톤의 표정이 밝아졌지만, 금세 아네트가 다시 걸음을 재개했다.

"잠깐……, 아가씨?!"

"……알아."

"네?"

"그 녀석의 이름쯤은 알고 있어……. 그 남자는 카임 하르스베르크. 내 쌍둥이 오빠야!"

아네트가 뒤도 돌아보지 않은 채, 목소리에 고통을 실어서 그렇게 말했다.

"저기…… 카임 하르스베르크라면, 그 카임 님 말씀이죠? 말도 안 되잖아요?"

루즈톤이 "응, 말도 안 돼"라고 다시 한번 입에 담았다.
카임 하르스베르크는 아네트의 쌍둥이 오빠였지만, 태어날 때부터 보라색 반점을 온몸을 띄운 '저주받은 아이'였다.
허약 체질이라서 만족스럽게 운동도 못 하고, 언제 죽어도 이상하지 않다고 다른 사용인에게서 들은 적이 있다.
"카임 님이 주인님을 쓰러뜨릴 수 있을 리가 없어요. 게다가…… 주인님을 해친 건 십대 후반쯤 되는 연령의 보라색 머리카락을 가진 청년이라던데요? 카임 님과는 특징이 조금도 일치하지 않잖아요!"
"……알아."
"아가씨……?"
아네트는 뒤를 돌아보지 않기는 했지만, 어깨를 잘게 떨고 있었다. 마치 눈물을 참는 것처럼.
"나는 알아. 그 남자가 쌍둥이 오빠라는 사실을. 모습과 형태가 바뀌어도, 알아채고 마는 거야."
루즈톤으로서는 이해할 수 없겠지만…… 아네트는 이론을 뛰어넘은 본능으로, 아버지를 쓰러뜨린 보라색 머리카락의 남성이 오빠인 카임이라는 사실을 감지했다.
그것은 쌍둥이 남매이기에 가능한 것이리라. 얄궂게도 완전히 결별한 그 순간에 아네트는 인생에서 가장 진하게 카임과의 혈연을 느꼈던 것이다.
"용서할 수 없어……. 어머님을 병들게 하고 죽인 것으로 모자라, 아버님까지……! 게다가 나에게 그런 굴욕을……!"

"굴욕이라니…… 아가씨도 무슨 짓을 당했던 겁니까?!"

"으……!"

아네트가 처음으로 뒤를 돌아보고서, 새빨간 얼굴로 루즈톤을 노려보았다.

"……그 이상 추궁하면, 얼굴을 때릴 거야."

"죄, 죄송합니다아!"

루즈톤이 두말없이 사죄했다. 짐을 양손에 끌어안지 않았더라면, 지면에 넙죽 엎드려 빌었을지도 모른다.

연상인 주제에 한심하지만…… 사용인과 아가씨라는 처지를 빼놓고 보아도, 루즈톤과 아네트 사이에는 커다란 역학 관계가 있으니 어쩔 수 없다.

아네트는 아무리 어리고 미숙하다고 해도 투귀신류를 쓰는 자. 인간의 모습을 한 흉기니까.

"으으……. 하지만, 아네트 님. 바깥은 무서운 곳이라고요. 도적에게 습격당할지도 모르고, 무엇보다도 마물이 나오는데요?"

"가도에 있으면 마물은 안 나오니까 괜찮다고 하잖아! 여태까지도 마물과 마주친 적이 없지? 설령 나온다고 해도, 내가 쓰러뜨려 줄 테니까 걱정할 필요 없어!"

"하지민……."

"끈덕지네! 나는 '권성'의 딸이야! 설령 마물이 나와도, 이 주먹이 있으면……."

"가아아아아아아아아아아아아아아아악!"

""흐악!""

가도 바로 옆에 있는 숲에서 절규가 쏟아져, 아네트와 루즈톤은 저도 모르게 마주 안고 말았다. 그 직후 그들의 표정이 공포로 물들었다.

숲속에서 머리 부분에 뿔 하나가 난 거대한 곰이 튀어나왔기 때문이다.

"마, 마마마마마마, 마물이 나왔잖아요오오오오오오오오오?!"

"아, 알 게 뭐야! 어째서 이런 곳에 마물이 있는 건데에!"

기본적으로 마물은 숲이나 야산에 살아서 사람이 사는 마을이나 가도에 나오는 일은 적다. 하지만 '적다'라는 것은 '전무'라는 것이 아니다.

충분한 먹이를 얻을 수 없거나, 다른 마물이 거처를 습격했거나, 혹은 기후나 자연재해 등의 영향으로 사람이 사는 마을 근처에 나타나는 일이 있다. 모험가 같은 마물 사냥을 생업으로 하는 직종에서 일하는 사람이 있는 것도 그런 이유다.

아네트가 맞닥뜨린 것은 일찍이 하르스베르크 백작령에 서식했지만 카임이 벌인 마물의 대량 학살로 인해 거처에서 쫓겨난 개체였다.

거처에서 쫓겨나 굶주렸던 곰 마물은 적당한 사냥감의 냄새를 맡고서, 숲에서 맹렬하게 튀어나왔다.

"아, 아아아앗, 아네트 아가씨! 어떻게든 해주세요오오오오오오오!"

"으……!"

"가아아아아아아아아아아아아아아아아!"

네 다리로 달려오는 뿔곰을 앞에 두고서, 아네트의 몸이 공포로 얼어붙었다.

'무서워……!'

아네트는 투귀신류를 배웠지만, 어디까지나 훈련뿐이지 실전 경험은 없다.

달려드는 뿔곰에게서는 숨길 수 없는 명확한 살의가 뿜어졌는데, 물론 그런 살기를 받아본 경험도 없었다.

"가아아아아아아아아아아아아아아아아!"

'무서워. 하지만…….'

기억 속에 있는 그 남자……. 성장한 카임 하르스베르크는 훨씬 더 무서웠다. 훨씬 더 강했다. 하지만 카임은 아네트에게 닥쳐드는 뿔곰처럼 살의를 보내지는 않았다.

'자비를 베푼 게 아니야. 나를 얕봤어. 그 남자는 날 죽일 가치도 없다고 생각했어……!'

아네트의 가슴에 공포와는 다른 감정이 생겨났다.

그것은 계속 우습게 보던 쌍둥이 오빠가 자신을 깔봤다는 것에 대한 분노와 굴욕이었다.

'용서 안 해. 그 남자는 내가 반드시 쓰러뜨릴 거야! 그러기 위해서도…… 이런 곳에서 범출 수는 없어!'

"우……, 우와아아아아아아아아아아아아아아아아앗!"

아네트가 소리를 치면서 뿔곰을 향해 주먹을 내질렀다.

그러자…… 움켜쥔 작은 주먹에서 강렬한 마력 덩어리가 쏘아져, 뿔곰의 머리 부분에 명중했다.

"억……?!"
머리 부분의 뿔이 산산이 깨지고 곰의 거구가 휘청 기울었다.
뿔을 잃고 단순한 곰으로 전락한 그 생물은 앞으로 꼬꾸라져서 기세 좋게 지면으로 쓰러졌다.
"하……어? 사, 살았어?"
루즈톤이 털썩 그 자리에 주저앉았다. 아네트는 어깨를 들썩이면서, 내지른 주먹을 떨었다.
"이……, 이겼어?"
곰의 거구는 움직이지 않았다. 뿔이 파괴된 머리 부분은 크게 움푹 패었는데, 아마 내부의 뇌도 파괴된 것이리라.
투귀신류·기본 형태――【기린】.
평소 하던 훈련의 산물이다. 반쯤 무의식으로 쏜 기술은 틀림없이 뿔곰의 거구에서 생명을 도려냈다.
"대, 대단하잖아요! 아네트 아가씨!"
마침내 자신들이 살았다는 사실을 실감한 모양인지, 루즈톤이 주인을 칭송했다.
"저는 또 기만 세고 제멋대로인 허세쟁이 아가씨인 줄 알았더니, 정말로 강했군요! 다시 봤어요!"
"마, 맞아! 난 강하니까………… 허세쟁이 아가씨?"
"아……."
저도 모르게 본심을 입 밖에 내고 만 루즈톤이 시선을 피했다. 아네트가 눈썹을 치켜올리며 분노로 얼굴을 새빨갛게 물들였다.
"너, 너 진짜! 나를 그런 식으로 생각했어?!"

"죄, 죄송합니다, 죄송합니다! 무심코 본심이!"

"본심이라면 더더욱 나쁘잖아…………, 윽?!"

아네트는 분노로 주먹을 치켜들었지만, 갑자기 움직임을 멈추고 얼굴을 찡그렸다.

"아네트 아가씨?! 왜 그러십니까?!"

"…………."

"혹시, 어디 다치신 데라도……. 큰일이다! 당장 보여주세요!"

"다, 다가오면 안 돼!"

아네트가 당황해서 루즈톤으로부터 거리를 벌렸다.

"나, 나는 좀 일이 있으니까, 근처 시냇물에서 물을 떠 와! 가능한 한 천천히 다녀와야 해!"

"물이라니……. 아니, 좀 봐주세요. 방금 마물과 마주쳤는데 단독 행동을 할 수 있을 리가……."

"됐으니까 빨리 가! 명령이야!"

"그럴 수가아……."

아네트의 호통을 받고, 루즈톤은 울며 겨자 먹기로 물을 찾기 위해 그 자리를 떠났다.

종자를 쫓아낸 것을 확인하고서…… 아네트는 허벅지를 딱 붙이고 쇼트 팬츠를 양손으로 눌렀다.

"아으으으으……, 사고 쳐버렸어어……."

루즈톤은 알아채지 못한 모양이지만, 아네트의 몸에서 어렴풋이 암모니아 냄새가 피어올랐다.

일찍이 '독의 왕'으로 각성한 카임과 상대했을 때, 공포로 실례해 버린 아네트는 아무래도 오줌을 싸는 버릇이 붙어 버린 모양이다.

"가, 갈아입을 옷과 바지를 꺼내야……. 으으, 어째서 내가 이런 꼴을……."

아네트는 반쯤 울면서 하반신을 훤히 드러내고, 가도 한가운데에서 옷을 갈아입기 시작했다.

"이것도 전부 다 그 녀석 때문이야! 반드시 찾아내서 해치워 버릴 거라고!"

하늘을 향해서 분노에 찬 목소리로 외치며, 아네트는 다시금 쌍둥이 오빠에게 복수를 맹세했다.

후기

여러분, 오랜만입니다.

영원한 중2병 작가인 레오나르D입니다.

독자 여러분의 응원을 받아 본작도 무사히 서적 2권을 낼 수 있었습니다. 진심으로 감사드립니다.

또한 일러스트레이터 온 선생님, 제작에 관여해 주신 모든 분께도 감사드립니다.

본작은 웹소설로 시작했습니다만, 이렇게 서적으로 속권을 낼 수 있었습니다.

웹판보다도 상당히 과격해진 히로인들에 온 선생님의 화려한 일러스트를 붙여서 보내드릴 수 있어서 감개무량한 심경입니다.

그럼, 1권은 프롤로그적인 성격이 강하고, 히로인과의 만남부터 인연이 깊어지고(다양한 의미에서), 주인공이 여행하는 모습을 그렸습니다.

2권에서는 이야기에도 새로운 전개를 맞이하여, 세 히로인과 함께 제국으로 찾아온 주인공. 거기에서 시작되는 새로운 모험을 쓰고 있습니다.

히로인과의 관계도 더욱더 깊어져 가서 알콩달콩도 기세를 늘리기만 할 뿐.

새 캐릭터도 등장하기 시작하고, 무언가 음모의 향기도 감돕니다.

과연, 이 여행의 앞길에 무슨 일이 기다리고 있을까요.

만약 뒷권을 계속 낼 수 있다면, 다음 권에서는 세 히로인 말고 다른 사람과도 "어!" 하는 장면도 전해드릴 수 있으면 좋겠다고 야망을 불태우고 있습니다.

그럼, 또 뵙게 될 날이 오기를 모든 신과 부처와 악마에게 기원하며.

레오나르D

독의 왕 2

2024년 6월 15일 1판 1쇄 발행

저 자 레오나르D
일 러 스 트 온
옮 긴 이 정우주
발 행 인 유재옥
담 당 편 집 박치우
이 사 조병권
출판본부장 박광운
편 집 1 팀 최서영
편 집 2 팀 정영길 박치우 정지원 조찬희
편 집 3 팀 오준영 권진영 이소의
디자인랩팀 김보라 박민솔
디지털사업팀 박상섭 김지연 윤희진
라이츠사업팀 김정미 맹미영 이윤서
영업마케팅팀 최원석 박수진 이다은
물 류 팀 허석용 백철기
경영지원팀 최정연
인쇄제작처 ㈜코리아피엔피
발 행 처 ㈜소미미디어
등 록 제2015-000008호
주 소 서울시 마포구 토정로222, 403호 (신수동, 한국출판콘텐츠센터)
판매 및 마케팅 (070) 8822-2301

ISBN 979-11-384-8342-1
ISBN 979-11-384-8266-0 (세트)